维洛那二绅士·错误的喜剧·驯悍记

（英）威廉·莎士比亚 著　朱生豪 译

北方联合出版传媒(集团)股份有限公司

万卷出版公司

© （英）威廉·莎士比亚　　2014

图书在版编目（CIP）数据

维洛那二绅士·错误的喜剧·驯悍记 / （英）莎士比
亚著；朱生豪译. -- 沈阳：万卷出版公司，2014.9
（莎士比亚戏剧集）
ISBN 978-7-5470-3179-7

Ⅰ. ①维… Ⅱ. ①莎… ②朱… Ⅲ. ①喜剧－剧本－
作品集－英国－中世纪 Ⅳ. ①I561.33

中国版本图书馆CIP数据核字(2014)第196367号

维洛那二绅士·错误的喜剧·驯悍记

责任编辑	李　婧
出 版 者	北方联合出版传媒（集团）股份有限公司
	万卷出版公司
联系电话	024-23284090　　010-57454988
经　　销	各地新华书店发行
印　　刷	北京一鑫印务有限责任公司
版　　次	2014年10月第1版
印　　次	2019年1月第2次印刷
成品尺寸	155mm×220mm
印　　张	15.5
字　　数	180千字
书　　号	978-7-5470-3179-7
定　　价	30.80元

丛书所有文字插图版式之版权归出版者所有　任何翻印必追究法律责任
常年法律顾问：徐涌　版权专有　侵权必究　举报电话：024-23284090 010-57262357
如有质量问题，请与印务部联系。联系电话：010-57262361

目　录

译者自序

  于世界文学史中，足以笼罩一世，凌越千古，卓然为词坛之宗匠，诗人之冠冕者，其唯希腊之荷马，意大利之但丁，英之莎士比亚，德之歌德乎，此四子者，各于其不同之时代及环境中，发为不朽之歌声。然荷马史诗中之英雄，既与吾人之现实生活相去太远，但丁之天堂地狱，又与近代思想诸多牴牾；歌德距吾人较近，实为近代精神之卓越的代表。但以超脱时空限制一点而论，则莎士比亚之成就，实远在三子之上。盖莎翁笔下之人物，虽多为古代之贵族阶级，然其所发掘者，实为古今中外贵贱贫富人人所同具之人性。故虽经三百余年以后，不仅其书为全世界文学之士所耽读，其剧本且在各国舞台与银幕上历久搬演而不衰，盖由其作品中具有永久性与普遍性，故能深入人心如此耳。

  中国读者耳闻莎翁大名已久，文坛知名之士，亦曾将其作品，译出多种，然历观坊间各译本，失之于粗疏草率者尚少，失之于拘泥生硬者实繁有徒。拘泥字句之结果，不仅原作神味，荡然无存，甚至艰深晦涩，有若天书，令人不能阅读，此则译者之过，莎翁不能任其咎者也。

余笃嗜莎剧，曾首尾研诵全集至少十余遍，于原作精神，自觉颇有会心。廿四年春，得前辈同事詹先生之鼓励，始着手为翻译全集之尝试。越年战事发生，历年来辛苦搜集之各种莎集版本，及诸家注译考证批评之书，不下一二百册，全数毁于炮火，仓卒中只携出牛津版全集一册，及译稿数本而已，而后辗转流徙，为生活而奔波，更无暇晷，以续未竟之志。及卅一年春，目观世变日亟，闭户家居，摈绝外务，始得专心一志，致力译事。虽贫穷疾病，交相煎迫，而埋头伏案，握管不辍。前后历十年而全稿完成，夫以译莎工作之艰巨，十年之功，不可云久，然毕生精力，殆已尽注于兹矣。

余译此书之宗旨，第一在求于最大可能之范围内，保持原作之神韵；必不得已而求其次，亦必以明白晓畅之字句，忠实传达原文之意趣；而于逐字逐句对照式之硬译，则未敢赞同。凡遇原文中与中国语法不合之处，往往再三咀嚼，不惜全部更易原文之结构，务使作者之命意豁然呈露，不为晦涩之字句所掩蔽。每译一段，必先自拟为读者，查阅译文中有无暧昧不明之处。又必自拟为舞台上之演员，审辨语调是否顺口，音节是否调和。一字一句之未惬，往往苦思累日。然才力所限，未能尽符理想；乡居僻陋，既无参考之书籍，又鲜质疑之师友。谬误之处，自知不免。所望海内学人，惠予纠正，幸甚幸甚！

原文全集在编次方面，不甚惬当，兹特依据各剧性质，分为"喜剧""悲剧""传奇剧""史剧"四辑，每辑各自成一系统。读者循是以求，不难获见莎翁作品之全貌。昔卡莱尔尝云："吾人宁失百印度，不愿失一莎士比亚。"夫莎士比亚为世界的诗人，固非一国所可独占；倘若此集之出版，使此大诗人之作品，得以普及中国读者之间，则译者之劳力，庶几不为虚掷矣。知我罪我，惟在读者。

生豪书于三十三年四月

维洛那二绅士

人物列表

米兰公爵　西尔维娅的父亲

凡伦丁

普洛丢斯 　　}　二绅士

安东尼奥　普洛丢斯的父亲

修里奥　凡伦丁的愚蠢的情敌

爱格勒莫　助西尔维娅脱逃者

史比德　凡伦丁的傻仆

朗斯　普洛丢斯的傻仆

潘西诺　安东尼奥的仆人

旅店主　朱利娅在米兰的居停

强盗　随凡伦丁啸聚的一群

朱利娅　普洛丢斯的恋人

西尔维娅　凡伦丁的恋人

露西塔　朱利娅的女仆

仆人、乐师等

地　点

维洛那；米兰及曼多亚边境

第一幕

第一场　维洛那。旷野

凡伦丁及普洛丢斯上。

凡伦丁　不用劝我，亲爱的普洛丢斯；年轻人株守家园，见闻总是限于一隅。倘不是爱情把你锁系在你情人的温柔的眼波里，我倒很想请你跟我一块儿去见识见识外面的世界，那总比在家里无所事事，把青春消磨在懒散的无聊里好得多多。可是你现在既然在恋爱，那就恋爱下去吧，祝你得到美满的结果；我要是着起迷来，也会这样的。

普洛丢斯　你真的要走了吗？亲爱的凡伦丁，再会吧！你在旅途中要是见到什么值得注意的新奇事物，请你想起你的普洛丢斯；当你得意的时候，也许你会希望我能够分享你的幸福；当你万一遭遇什么风波危险的时候，你可以不用忧虑，因为我是在虔诚地为你祈祷，祝你平安。

凡伦丁　你是念着恋爱经为我祈祷祝我平安吗？

普洛丢斯　我将讽诵我所珍爱的经典为你祈祷。

凡伦丁　那一定是里昂德①游泳过赫勒思滂海峡去会他的情人一类深情蜜爱的浅薄故事。

普洛丢斯　他为了爱不顾一切，那证明了爱情是多么深。

凡伦丁　不错，你为了爱也不顾一切，可是你却没有游泳过赫勒思滂海峡去。

普洛丢斯　嗳，别取笑吧。

凡伦丁　不，我绝不取笑你，那实在一点意思也没有。

普洛丢斯　什么？

凡伦丁　我是说恋爱。苦恼的呻吟换来了轻蔑；多少次心痛的叹息才换得了羞答答的秋波一盼；片刻的欢娱，是二十个晚上辗转无眠的代价。即使成功了，也许会得不偿失；要是失败了，那就白费一场辛苦。恋爱汩没了人的聪明，使人变为愚蠢。

普洛丢斯　照你说来，我是一个傻子了。

凡伦丁　瞧你的样子，我想你的确是一个傻子。

普洛丢斯　你所诋斥的是爱情；我可是身不由主。

凡伦丁　爱情是你的主宰，甘心供爱情驱使的，我想总不见得是一个聪明人吧。

普洛丢斯　可是做书的人这样说：最芬芳的花蕾中有蛀虫，最聪

---

①里昂德（Leander），传说中的情人，爱恋少女希罗，游泳过海峡赴约，惨遭灭顶。

明人的心里，才会有蛀蚀心灵的爱情。

凡伦丁 做书的人还说：最早熟的花蕾，在未开放前就给蛀虫吃去；所以年轻聪明的人也会被爱情化成愚蠢，在盛年的时候就丧失欣欣向荣的生机，未来一切美妙的希望都成为泡影。可是你既然是爱情的皈依者，我又何必向你多费唇舌呢？再会吧！我的父亲在码头上等着送我上船呢。

普洛丢斯 我也要送你上船，凡伦丁。

凡伦丁 好普洛丢斯，不用了吧，让我们就此分手。我在米兰等着你来信报告你在恋爱上的成功，以及我去了以后这儿的一切消息；我也会同样寄信给你。

普洛丢斯 祝你在米兰一切顺利幸福！

凡伦丁 祝你在家里也是这样！好，再见。（下。）

普洛丢斯 他追求着荣誉，我追求着爱情；他离开了他的朋友，使他的朋友们因他的成功而增加光荣；我为了爱情，把我自己、我的朋友们以及一切都舍弃了。朱利娅啊，你已经把我变成了另一个人，使我无心学问，虚掷光阴，违背良言，忽略世事；我的头脑因相思而变得衰弱，我的心灵因恋慕而痛苦异常。

　　　　　　史比德上。

史比德 普洛丢斯少爷，上帝保佑您！您看见我家主人吗？

普洛丢斯 他刚刚离开这里，上船到米兰去了。

史比德 那么他多半已经上了船了。我就像一头迷路的羊，找不到他了。

普洛丢斯 是的，牧羊人一走开，羊就会走失了。

史比德 您说我家主人是牧羊人，而我是一头羊吗？

维洛那二绅士

普洛丢斯　是的。

史比德　那么不管我睡觉也好，醒着也好，我的角也就是他的角了。

普洛丢斯　这种蠢话正像是一头蠢羊嘴里说出来的。

史比德　这么说，我又是一头羊了。

普洛丢斯　不错，你家主人还是牧羊人。

史比德　不，我可以用譬喻证明您的话不对。

普洛丢斯　我也可以用另外一个譬喻证明我的话不错。

史比德　牧羊人寻羊，不是羊寻牧羊人；我找我的主人，不是我的主人找我，所以我不是羊。

普洛丢斯　羊为了吃草跟随牧羊人，牧羊人并不为了吃饭跟随羊；你为了工钱跟随你的主人，你的主人并不为了工钱跟随你，所以你是羊。

史比德　您要是再说这样一个譬喻，那我真的要咩咩地叫起来了。

普洛丢斯　我问你，你有没有把我的信送给朱利娅小姐？

史比德　哦，少爷，我，一头迷路的羔羊，把您的信给她，一头细腰的绵羊；可是她这头细腰的绵羊却什么谢礼也不给我这头迷路的羔羊。

普洛丢斯　这么多的羊，这片牧场上要容不下了。

史比德　如果容纳不下，给她一刀子不就完了吗？

普洛丢斯　你的思想又在乱跑了，应该把你圈起来。

史比德　谢谢你，少爷，给你送信不值得给我钱。

普洛丢斯　你听错了；我说圈，没说钱——我指的是羊圈。

史比德　我却听成洋钱了。不管怎么着都好，我给你的情人送信，只得个圈圈未免太少！

普洛丢斯　可是她说什么话了没有？（史比德点头）她就点点头吗？

史比德　是。

普洛丢斯　点头，是；摇头，不——这不成傻瓜了吗？

史比德　您误会了。我说她点头了；您问我她点头了没有；我说"是"。

普洛丢斯　照我的解释，这就是傻瓜。

史比德　您既然费尽心血把它解释通了，就把它奉赠给您吧。

普洛丢斯　我不要，就给你算作替我送信的谢礼吧。

史比德　看来我只有委屈一点，不跟您计较了。

普洛丢斯　怎么叫不跟我计较？

史比德　本来吗，少爷，我给您辛辛苦苦把信送到，结果您只赏给我一个傻瓜的头衔。

普洛丢斯　说老实话，你应对倒是满聪明的。

史比德　聪明有什么用，要是它打不开您的钱袋来。

普洛丢斯　算了算了，简简单单把事情交代明白：她说些什么话？

史比德　打开您的钱袋来，一面交钱，一面交话。

普洛丢斯　好，拿去吧。（给他钱）她说什么？

史比德　老实对您说吧，少爷，我想您是得不到她的爱的。

普洛丢斯　怎么？这也给你看出来了吗？

史比德　少爷，我在她身上什么都看不出来；我把您的信送给她，可是我连一块钱的影子也看不见。我给您传情达意，她待我却这样刻薄；所以您当面向她谈情说爱的时候，她也会一样冷酷无情的。她的心肠就像铁石一样硬，您还是不用送她什么礼物，就送些像钻石似的硬货给她吧。

普洛丢斯 什么？她一句话也没说吗？

史比德 就连一句谢谢你也没有出口。总算是您慷慨，赏给我这两角钱，谢谢您，以后请您自己带信给她吧。现在我要告辞了。

普洛丢斯 去你的吧，船上有了你，可以保证不会中途沉没，因为你是命中注定要在岸上吊死的。（史比德下）我一定要找一个可靠些的人送信去；我的朱利娅从这样一个狗才手里接到我的信，也许会不高兴答复我。（下。）

第二场　同前。朱利娅家中花园

朱利娅及露西塔上。

朱利娅 露西塔，现在这儿没有别人，告诉我，你赞成我跟人家恋爱吗？

露西塔 我赞成，小姐，只要您不是莽莽撞撞的。

朱利娅 照你看起来，在每天和我言辞晋接的这一批高贵绅士中间，哪一位最值得敬爱？

露西塔 请您一个个举出他们的名字来，我可以用我的粗浅的头脑批评他们。

朱利娅 你看漂亮的爱格勒莫爵士怎样？

露西塔 他是一个谈吐风雅、衣冠楚楚的骑士；可是假如我是您，我就不会选中他。

朱利娅 你看富有的墨凯西奥怎样？

露西塔　他虽然有钱，人品却不过如此。

朱利娅　你看温柔的普洛丢斯怎样？

露西塔　主啊！主啊！请看我们凡人是何等愚蠢！

朱利娅　咦！你为什么听见了他的名字要这样感慨呢？

露西塔　恕我，亲爱的小姐；可是像我这样一个卑贱之人，怎么配批评高贵的绅士呢？

朱利娅　为什么别人可以批评，普洛丢斯却批评不得？

露西塔　因为他是许多好男子中间最好的一个。

朱利娅　何以见得？

露西塔　我除了女人的直觉以外没有别的理由；我以为他最好，因为我觉得他最好。

朱利娅　你愿意让我把爱情用在他的身上吗？

露西塔　是的，要是您不以为您是在浪掷您的爱情。

朱利娅　可是他比其余的任何人都更冷冰冰的，从来不向我追求。

露西塔　可是我想他比其余的任何人都更要爱您。

朱利娅　他不多说话，这表明他的爱情是有限的。

露西塔　火关得越紧，烧起来越猛烈。

朱利娅　在恋爱中的人们，不会一无表示。

露西塔　不，越是到处宣扬着他们的爱情的，他们的爱情越靠不住。

朱利娅　我希望我能知道他的心思。

露西塔　请读这封信吧。小姐。（给朱利娅信。）

朱利娅　"给朱利娅"。——这是谁写来的？

露西塔　您看过就知道了。

朱利娅　说出来，谁交给你这封信？

维洛那二绅士

13

露西塔 凡伦丁的仆人送来这封信，我想是普洛丢斯叫他送来的。他本来要当面交给您，我因为刚巧遇见他，所以就替您收下了。请您原谅我的放肆吧。

朱利娅 嘿，好一个牵线的！你竟敢接受调情的书简，瞒着我跟人家串通一气，来欺侮我年轻吗？这真是一件好差使，你也真是一个能干的角色。把这信拿去，给我退回原处，否则再不用见我的面啦。

露西塔 为爱求情，难道就得到一顿责骂吗？

朱利娅 你还不去吗？

露西塔 我就去，好让您仔细思忖一番。（下。）

朱利娅 可是我希望我曾经窥见这信的内容。我把她这样责骂过了，现在又不好意思叫她回来，反过来恳求她。这傻丫头明知我是一个闺女，偏不把信硬塞给我看。一个温淑的姑娘嘴里尽管说不，她却要人家解释作是的。唉！唉！这一段痴愚的恋情是多么颠倒，正像一个坏脾气的婴孩一样，一会儿在他保姆身上乱抓乱打，一会儿又服服贴贴地甘心受责。刚才我把露西塔这样凶狠地撵走，现在却巴不得她快点儿回来；当我一面装出了满脸怒容的时候，内心的喜悦却使我心坎里满含着笑意。现在我必须引咎自责，叫露西塔回来，请她原谅我刚才的愚蠢。喂，露西塔！

　　　　露西塔重上。

露西塔 小姐有什么吩咐？

朱利娅 现在是快吃饭的时候了吧？

露西塔 我希望是，免得您空着肚子在佣人身上出气。

朱利娅 你在那边小小心心地拾起来的是什么？

露西塔　没有什么。

朱利娅　那么你为什么俯下身子去？

露西塔　我在地上掉了一张纸，把它拾了起来。

朱利娅　那张纸难道就不算什么？

露西塔　它不干我什么事。

朱利娅　那么让它躺在地上，留给相干的人吧。

露西塔　小姐，它对相干的人是不会说谎的，除非它给人家误会了。

朱利娅　是你的什么情人寄给你的情诗吗？

露西塔　小姐，要是您愿意给它谱上一个调子，我可以把它唱起来。您看怎么样？

朱利娅　我看这种玩意儿都十分无聊。可是你要唱就按《爱的清光》那个调子去唱吧。

露西塔　这个歌儿太沉重了，和轻狂的调子不配。

朱利娅　沉重？准是重唱那部分加得太多了。

露西塔　正是，小姐。可是您要唱起来，一定能十分宛转动人。

朱利娅　你为什么就不唱呢？

露西塔　我调门没有那么高。

朱利娅　拿歌儿来我看看。（取信）怎么，这贱丫头！

露西塔　您就这么唱起来吧；可是我想我不大喜欢这个调子。

朱利娅　你不喜欢？

露西塔　是，小姐，太刺耳了。

朱利娅　你这丫头太放肆了。

露西塔　这回您的调子又太直了。这么粗声粗气的岂不破坏了原来的音律？本来您的歌儿里只缺一个男高音。

朱利娅　男高音早叫你这下流的女低音给盖过去了。

露西塔　我这女低音不过是为普洛丢斯低声下气地祈求。

朱利娅　你再油嘴滑舌，我可不答应了。瞧谁再敢拿进这种不三不四的书信来！（撕信）给我出去，让这些纸头丢在地上；你碰它们一下我就要生气。

露西塔　她故意这样装模作样，其实心里巴不得人家再送一封信来，好让她再发一次脾气。（下。）

朱利娅　不，就是这一封信已经够使我心痛了！啊，这一双可恨的手，忍心把这些可爱的字句撕得粉碎！就像残酷的黄蜂一样，刺死了蜜蜂而吮吸它的蜜。为了补赎我的罪愆，我要遍吻每一片碎纸。瞧，这里写着"仁慈的朱利娅"：狠心的朱利娅！我要惩罚你的薄情，把你的名字掷在砖石上，把你任情地践踏蹂躏。这里写着"受创于爱情的普洛丢斯"：疼人的受伤的名字！把我的胸口做你的眠床，养息到你的创痕完全平复吧，让我用起死回生的一吻吻在你的伤口上。这儿有两三次提着普洛丢斯的名字；风啊，请不要吹起来，好让我找到这封信里的每一个字；我单单不要看见我自己的名字，让一阵旋风把它卷到狰狞丑怪的岩石上，再把它打下波涛汹涌的海中去吧！瞧，这儿有一行字，两次提到他的名字："被遗弃的普洛丢斯，受制于爱情的普洛丢斯，给可爱的朱利娅。"我要把朱利娅的名字撕去；不，他把我们两人的名字配合得如此巧妙，我要把它们折叠在一起；现在你们可以放胆地相吻拥抱，彼此满足了。

　　　　露西塔重上。

露西塔　小姐，饭已经预备好了，老爷在等着您。

朱利娅　好，我们去吧。

露西塔　怎么！让这些纸片丢在这儿，给人家瞧见议论吗？

朱利娅　你要是这样关心着它们，那么还是把它们拾起来吧。

露西塔　不，我可不愿再挨骂了；可是让它们躺在地上，也许会受了寒。

朱利娅　你倒是怪爱惜它们的。

露西塔　呃，小姐，随您怎样说吧；也许您以为我是瞎子，可是我也生着眼睛呢。

朱利娅　来，来，还不走吗？（同下。）

第三场　同前。安东尼奥家中一室

安东尼奥及潘西诺上。

安东尼奥　潘西诺，刚才我的兄弟跟你在走廊里谈些什么正经话儿？

潘西诺　他说起他的侄子，您的少爷普洛丢斯。

安东尼奥　噢，他怎么说呢？

潘西诺　他说他不懂您老爷为什么让少爷在家里消度他的青春；人家名望不及我们的，都把他们的儿子送到外面去找机会：有的投身军旅，博得一官半职；有的到远远的海岛上去探险发财；有的到大学校里去寻求高深的学问。他说普洛丢斯少爷对这些锻炼当中的哪一种都很适宜；他叫我在您面前说起，请您不要让少爷老在家里游荡，年轻人不走走远路，对于他的前途是很有妨碍的。

安东尼奥　这倒不消你说，我这一个月来就在考虑着这件事情。我也想到他这样蹉跎时间，的确不大好；他要是不在外面多经历经历世事，将来很难成为大用。一个人的经验是要在刻苦中得到的，也只有岁月的磨炼才能够使它成熟。那么照你看来，我最好叫他到什么地方去？

潘西诺　我想老爷大概还记得他有一个朋友，叫做凡伦丁的，现在在公爵府中供职。

安东尼奥　不错，我知道。

潘西诺　我想老爷要是送他到那里去，那倒很好。他可以在那里练习挥枪使剑，听听人家高雅优美的谈吐，和贵族们谈谈说说，还可以见识到适合于他的青春和家世的种种训练。

安东尼奥　你说得很对，你的意思很好，我很赞成你的建议；看吧，我马上就照你的话做去。我立刻就叫他到公爵的宫廷里去。

潘西诺　老爷，亚尔芳索大人和其余各位士绅明天就要动身去朝见公爵，准备为他效劳。

安东尼奥　那么普洛丢斯有了很好的同伴了。他应当立刻预备起来，跟他们同去。我们现在就要对他说。

　　　　　　　　　普洛丢斯上。

普洛丢斯　甜蜜的爱情！甜蜜的字句！甜蜜的人生！这是她亲笔所写，表达着她的心情；这是她爱情的盟誓，她的荣誉的典质。啊，但愿我们的父亲赞同我们缔结良缘，为我们成全好事！啊，天仙一样的朱利娅！

安东尼奥　喂，你在读谁寄来的信？

普洛丢斯　禀父亲，这是凡伦丁托他的朋友带来的一封问候的书信。

安东尼奥　把信给我，让我看看那里有什么消息。

普洛丢斯　没有什么消息，父亲。他只是说他在那里生活得如何愉快，公爵如何看得起他，每天和他见面；他希望我也和他在一起，分享他的幸福。

安东尼奥　那么你对于他的希望作何感想？

普洛丢斯　他虽然是一片好心，我的行动却要听您老人家指挥。

安东尼奥　我的意思和他的希望差不多。你也不用因为我的突然的决定而吃惊，我要怎样，就是怎样，干脆一句话没有更动。我已经决定你应当到公爵宫廷里去，和凡伦丁在一块儿过日子；他的亲族给他多少维持生活的费用，我也照样拨给你。明天你就要预备动身，不许有什么推托，我的意志是坚决的。

普洛丢斯　父亲，这么快我怎么来得及预备？请您让我延迟一两天吧。

安东尼奥　听着，你要是缺少什么，我马上就会寄给你。不用耽搁时间，明天你非去不可。来，潘西诺，你要给他收拾收拾东西，让他早些动身。（安东尼奥、潘西诺下。）

普洛丢斯　我因为恐怕灼伤而躲过了火焰，不料却在海水中惨遭没顶。我不敢把朱利娅的信给我父亲看，因为生恐他会责备我不应该谈恋爱；谁知道他却利用我的推托之词，给我的恋爱这样一下无情的猛击。唉！青春的恋爱就像阴晴不定的四月天气，太阳的光彩刚刚照耀大地，片刻间就遮上了黑沉沉的乌云一片！

　　　　　　　潘西诺重上。

潘西诺　普洛丢斯少爷，老爷有请；他说叫您快些，请您立刻
　　　去吧。

普洛丢斯　事既如此，无可奈何；我只有遵从父亲的吩咐，虽然
　　　我的心回答一千声：不，不。（同下。）

第二幕

第一场　米兰。公爵府中一室

凡伦丁及史比德上。

史比德　少爷，您的手套。（以手套给凡伦丁。）

凡伦丁　这不是我的；我的手套戴在手上。

史比德　那有什么关系？再戴上一只也不要紧。

凡伦丁　且慢！让我看。瓦，把它给我，这是我的。天仙手上可
爱的装饰物！啊，西尔维娅！西尔维娅！

史比德　（叫喊）西尔维娅小姐！西尔维娅小姐！

凡伦丁　怎么，这狗才？

史比德　她不在这里，少爷。

凡伦丁　谁叫你喊她的？

史比德　是您哪，少爷；难道我又弄错了吗？

凡伦丁　哼，你老是这么莽莽撞撞的。

史比德　可是上次您却骂我太迟钝。

凡伦丁　好了好了，我问你，你认识西尔维娅小姐吗？

史比德　就是您爱着的那位小姐吗？

凡伦丁　咦，你怎么知道我在恋爱？

史比德　哦，我从各方面看了出来。第一，您学会了像普洛丢斯少爷一样把手臂交叉在胸前，像一个满腹牢骚的人那样一副神气；嘴里喃喃不停地唱情歌，就像一头知更雀似的；喜欢一个人独自走路，好像一个害着瘟疫的人；老是唉声叹气，好像一个忘记了字母的小学生；动不动流起眼泪来，好像一个死了妈妈的小姑娘；见了饭吃不下去，好像一个节食的人；夜里睡不着觉，好像担心有什么强盗；说起话来带着三分哭音，好像一个万圣节的叫化子①。从前您可不是这个样子。您从前笑起来声震四座，好像一只公鸡报晓；走起路来挺胸凸肚，好像一头狮子；只有在狼吞虎咽一顿之后才节食；只有在没有钱用的时候才面带愁容。现在您被情人迷住了，您已经完全变了一个人，当我瞧着您的时候，我简直不相信您是我的主人了。

凡伦丁　你能够在我身上看出这一切来吗？

史比德　这一切在您身外就能看出来。

凡伦丁　身外？决不可能。

史比德　身外？不错，是不大可能，因为除了您这样老实、不知

---

　　①万圣节（Hallowmas），十一月一日，为祭祀基督教诸圣徒的节日。乞丐于是日都以哀音高声乞讨。

矫饰之外，别人谁也不会如此；那么就算您是在这种愚蠢之外，而这种愚蠢是在您身内吧；可是它还能透过您身体，就像透过尿缸子看得见尿一样，无论谁一眼见了您，都像一个医生一样诊断得出您的病症来。

凡伦丁　可是我问你，你认识西尔维娅小姐吗？

史比德　就是在吃晚饭的时候您一眼不霎地望着的那位小姐吗？

凡伦丁　那也给你看见了吗？我说的就是她。

史比德　噢，少爷，我不认识她。

凡伦丁　你看见我望着她，怎么却又说不认识她？

史比德　她不是长得很难看的吗，少爷？

凡伦丁　她的面貌还不及心肠那么美。

史比德　少爷，那个我知道。

凡伦丁　你知道什么？

史比德　她面貌并不美，可是您心肠美，所以爱上她了。

凡伦丁　我是说她的美貌是无比的，可是她的好心肠更不可限量。

史比德　那是因为一个靠打扮，另一个不希罕。

凡伦丁　怎么叫靠打扮？怎么叫不希罕？

史比德　咳，少爷，她的美貌完全要靠打扮，因此也就没有人希罕她了。

凡伦丁　那么我呢？我还是很希罕她的。

史比德　可是她自从残废以后，您还没有看见过她哩。

凡伦丁　她是什么时候残废的？

史比德　自从您爱上了她之后，她就残废了。

凡伦丁　我第一次看见她的时候就爱上了她，可是我始终看见她很美丽。

史比德　您要是爱她，您就看不见她。

凡伦丁　为什么？

史比德　因为爱情是盲目的。唉！要是您有我的眼睛就好了！从前您看见普洛丢斯少爷忘记扣上袜带而讥笑他的时候，您的眼睛也是明亮的。

凡伦丁　要是我的眼睛明亮便怎样？

史比德　您就可以看见您自己的愚蠢和她的不堪领教的丑陋。普洛丢斯少爷因为恋爱的缘故，忘记扣上他的袜带；您现在因为恋爱的缘故，连袜子也忘记穿上了。

凡伦丁　这样说来，那么你也是在恋爱了；因为今天早上你忘记了擦我的鞋子。

史比德　不错，少爷，我正在恋爱着我的眠床，幸亏您把我打醒了，所以我现在也敢大胆提醒提醒您不要太过于迷恋了。

凡伦丁　总而言之，我的心已经定了，我非爱她不可。

史比德　我倒希望您的心是净了，把她忘得干干净净。

凡伦丁　昨天晚上她请我代她写一封信给她所爱的一个人。

史比德　您写了没有？

凡伦丁　写了。

史比德　一定写得很没劲吧？

凡伦丁　不然，我是用尽心思把它写好的。静些，她来了。

　　　　　　　　西尔维娅上。

史比德　（旁白）嘿，这出戏真好看！真是个头等的木偶！这回该他唱几句词儿了。

凡伦丁　小姐，女主人，向您道一千次早安。

史比德　（旁白）道一次晚安就得了！干吗用这么多客套？

西尔维娅 凡伦丁先生，我的仆人，我还你两千次。

史比德 （旁白）该男的送礼，这回女的倒抢先了。

凡伦丁 您吩咐我写一封信给您的一位秘密的无名的朋友，我已经照办了。我很不愿意写这封信，但是您的旨意是不可违背的。（以信给西尔维娅。）

西尔维娅 谢谢你，好仆人。你写得很用心。

凡伦丁 相信我，小姐，它是很不容易写的，因为我不知道受信的人究竟是谁，随便写去，不知道写得对不对。

西尔维娅 也许你嫌这工作太烦难吗？

凡伦丁 不，小姐，只要您用得着我，尽管吩咐我，就是一千封信我也愿意写，可是——

西尔维娅 好一个可是！你的意思我猜得到。可是我不愿意说出名字来；可是即使说出来也没有什么关系；可是把这信拿去吧；可是我谢谢你，以后从此不再麻烦你了。

史比德 （旁白）可是你还会找上门来的，这就又是一个"可是"。

凡伦丁 这是什么意思？您不喜欢它吗？

西尔维娅 不，不，信是写得很巧妙，可是你既然写的时候不大愿意，那么你就拿回去吧。嗯，你拿去吧。（还信。）

凡伦丁 小姐，这信是给您写的。

西尔维娅 是的，那是我请你写的，可是，我现在不要了，就给了你吧。我希望能写得再动人一点。

凡伦丁 那么请您许我另写一封吧。

西尔维娅 好，你写好以后，就代我把它读一遍；要是你自己觉得满意，那就罢了；要是你自己觉得不满意，也就罢了。

凡伦丁 要是我自己觉得满意，那便怎样？

维洛那二绅士

西尔维娅 要是你自己满意，那么就把这信给你作为酬劳吧。再见，仆人。（下。）

史比德 人家说，一个人看不见自己的鼻子，教堂屋顶上的风信标变幻莫测，这一个玩笑也开得玄妙神奇！我主人向她求爱，她却反过来求我的主人；正像当徒弟的反过来变成老师。真是绝好的计策！我主人代人写信，结果却写给了自己，谁听到过比这更妙的计策？

凡伦丁 怎么？你在说些什么？

史比德 没说什么，只是唱几句顺口溜。应该说话的是您！

凡伦丁 为什么？

史比德 您应该作西尔维娅小姐的代言人啊。

凡伦丁 我代她向什么人传话？

史比德 向您自己哪。她不是拐着弯向您求爱吗？

凡伦丁 拐什么弯？

史比德 我指的是那封信。

凡伦丁 怎么，她又不曾写信给我。

史比德 她何必自己动笔呢？您不是替她代写了吗？咦，您还没有懂得这个玩笑的用意吗？

凡伦丁 我可不懂。

史比德 我可也不懂，少爷。难道您还不知道她已经把爱情的凭证给了您吗？

凡伦丁 除了责怪以外，她没有给我什么呀。

史比德 真是！她不是给您一封信吗？

凡伦丁 那是我代她写给她的朋友的。

史比德 那封信现在已经送到了，还有什么说的吗？

凡伦丁　我希望你没有猜错。

史比德　包在我身上，准没有差错。你写信给她，她因为害羞提
　　　　不起笔，或者因为没有闲工夫，或者因为恐怕传书的人窥
　　　　见了她的心事，所以她才教她的爱人代她答复他自己。这
　　　　一套我早在书上看见过了。喂，少爷，您在想些什么？好
　　　　吃饭了。

凡伦丁　我已经吃过了。

史比德　哎呀，少爷，这个没有常性的爱情虽然可以喝空气过活，
　　　　我可是非吃饭吃肉不可。您可不要像您爱人那样忍心，求
　　　　您发发慈悲吧！（同下。）

第二场　维洛那。朱利娅家中一室

普洛丢斯及朱利娅上。

普洛丢斯　请你忍耐吧，好朱利娅。

朱利娅　没有办法，我也只好忍耐了。

普洛丢斯　我如果有机会回来，我会立刻回来的。

朱利娅　你只要不变心，回来的日子是不会远的。请你保留着这
　　　　个，常常想起你的朱利娅吧。（给他戒指。）

普洛丢斯　我们彼此交换，你把这个拿去吧。（给她一个戒指。）

朱利娅　让我们用神圣的一吻永固我们的盟誓。

普洛丢斯　我举手宣誓我的不变的忠诚。朱利娅，要是我在哪一
　　　　天哪一个时辰里不曾为了你而叹息，那么在下一个时辰里，
　　　　让不幸的灾祸来惩罚我的薄情吧！我的父亲在等我，你

不用回答我了。潮水已经升起，船就要开了；不，我不是说你的泪潮，那是会留住我，使我误了行期的。朱利娅，再会吧！（朱利娅下）啊，一句话也不说就去了吗？是的，真正的爱情是不能用言语表达的，行为才是忠心的最好说明。

　　　　潘西诺上。

潘西诺　普洛丢斯少爷，他们在等着您哩。

普洛丢斯　好，我就来，我就来。唉！这一场分别啊，真叫人满怀愁绪难宣。（同下。）

第三场　同前。街道

　　　　朗斯牵犬上。

朗斯　嗳哟，我到现在才哭完呢，咱们朗斯一族里的人都有这个心肠太软的毛病。我像《圣经》上的浪子一样，拿到了我的一份家产，现在要跟着普洛丢斯少爷上京城里去。我想我的狗克来勃是最狠心的一条狗。我的妈眼泪直流，我的爸涕泗横流，我的妹妹放声大哭，我家的丫头也嚎啕喊叫，就是我们养的猫儿也悲伤得乱搓两手，一份人家弄得七零八乱，可是这条狠心的恶狗却不流一点泪儿。他是一块石头，像一条狗一样没有心肝；就是犹太人，看见我们分别的情形，也会禁不住流泪的；看我的老祖母吧，她眼睛早已盲了，可是因为我要离家远行，也把她的眼睛都哭瞎了呢。我可以把我们分别的情形扮给你们看。这只鞋子算是我的父亲；不，这只左脚的鞋子是我的父亲；不，不，这只左脚的鞋子是我的母亲；不，那也不对。——哦，不错，对了，这只鞋子底已经破了，它已经穿了一个洞，它就算是我的母亲；这一只是我的父亲。他妈的！就是这样。这一根棒是我的妹妹，因为她就像百合花一样的白，像一根棒那样的瘦小。这一顶帽子是我家的丫头阿南。我就算是狗；不，狗是他自己，我是狗——哦，狗是我，我是我自己。对了，就是这样。现在我走到我父亲跟前："爸爸，请你祝福我。"现在这只鞋子就要哭得说不出一句话来；然后我就要吻我的父亲，他还是哭个不停。现在我再走到我的母亲跟前；唉！我希望她现在能够像一个木头人一样开起口来！我就这么吻了她，一点也不错，她嘴里完全是这个气味。现在我要到我妹妹跟前，你瞧她哭得多么伤心！可是这条狗站在旁边，瞧着我一把一把眼泪挥在地上，却始终不流一点泪也不说一句话。

　　　　　潘西诺上。

潘西诺　朗斯，快走，快走，好上船了！你的主人已经登船，你得坐小划子赶去。什么事？这家伙，怎么哭起来了？去吧，蠢货！你再耽搁下去，潮水要退下去了。

朗斯　退下去有什么关系？它这么不通人情就叫它去吧。

潘西诺　谁这么不通人情？

朗斯　就是它，克来勃，我的狗。

潘西诺　呸，这家伙！我说，潮水要是退下去，你就要失去这次航行了；失去这次航行，你就要失去你的主人了；失去你的主人，你就要失去你的工作了；失去你的工作——你干

维洛那二绅士

么堵住我的嘴？

朗斯　我怕你会失去你的舌头。

潘西诺　舌头怎么会失去？

朗斯　说话太多。

潘西诺　我看你倒是放屁太多。

朗斯　连潮水、带航行、带主人、带工作、外带这条狗，都失去了！我对你说吧，要是河水干了，我会用眼泪把它灌满；要是风势低了，我会用叹息把船只吹送。

潘西诺　来吧，来吧；主人派我来叫你的。

朗斯　你爱叫我什么就叫我什么好了。

潘西诺　你到底走不走呀？

朗斯　好，走就走。（同下。）

第四场　米兰。公爵府中一室

凡伦丁、西尔维娅、修里奥及史比德上。

西尔维娅　仆人！

凡伦丁　小姐？

史比德　少爷，修里奥大爷在向您怒目而视呢。

凡伦丁　嗯，那是为了爱情的缘故。

史比德　他才不爱您呢。

凡伦丁　那就是爱这位小姐。

史比德　我看您该好生揍他一顿。

西尔维娅　仆人，你心里不高兴吗？

凡伦丁　是的，小姐，我好像不大高兴。

修里奥　好像不大高兴，其实还是很高兴吧？

凡伦丁　也许是的。

修里奥　原来是装腔作势。

凡伦丁　你也一样。

修里奥　我装些什么腔？

凡伦丁　你瞧上去还像个聪明人。

修里奥　你凭什么证明我不是个聪明人？

凡伦丁　就凭你的愚蠢。

修里奥　何以见得我愚蠢？

凡伦丁　从你这件外套就看得出来。

修里奥　我这件外套是好料子。

凡伦丁　好吧，那就算你是双料的愚蠢。

修里奥　什么？

西尔维娅　咦，生气了吗，修里奥？瞧你脸色变成这样子！

凡伦丁　让他去，小姐，他是一只善变的蜥蜴。

修里奥　这只蜥蜴可要喝你的血，它不愿意和你共戴一天。

凡伦丁　你说得很好。

修里奥　现在我可不同你多讲话了。

凡伦丁　我早就知道你总是未开场先结束的。

西尔维娅　二位，你们的唇枪舌剑倒是有来有往的。

凡伦丁　不错，小姐，这得感谢我们的供应人。

西尔维娅　供应人是谁呀，仆人？

凡伦丁　就是您自己，美丽的小姐；是您把火点着的。修里奥先生的词令也全是从您脸上借来的，因此才当着您的面，慷

维洛那二绅士

他人之慨，一下全用光了。

修里奥　凡伦丁，你要是跟我斗嘴，我会说得你哑口无言的。

凡伦丁　那我倒完全相信；我知道尊驾有一个专门收藏言语的库房，在你手下的人，都用空言代替工钱；从他们寒伧的装束上，就可以看出他们是靠着你的空言过活的。

西尔维娅　两位别说下去了，我的父亲来啦。

　　　　　　公爵上。

公爵　西尔维娅，你给他们两位包围起来了吗？凡伦丁，你的父亲身体很好；你家里有信来，带来了许多好消息，你要不要我告诉你？

凡伦丁　殿下，我愿意洗耳恭听。

公爵　你认识你的同乡中有一位安东尼奥吗？

凡伦丁　是，殿下，我知道他是一位德高望重的士绅，享有良好的声誉是完全无愧的。

公爵　他不是有一个儿子吗？

凡伦丁　是，殿下，他有一个克绍箕裘的贤嗣。

公爵　你和他很熟悉吗？

凡伦丁　我知道他就像知道我自己一样，因为我们从小就在一起同游同学的。我虽然因为习于游惰，不肯用心上进，可是普洛丢斯——那是他的名字——却不曾把他的青春蹉跎过去。他少年老成，虽然涉世未深，识见却超人一等；他的种种好处，我一时也称赞不尽。总而言之，他的品貌才学，都是尽善尽美，凡是上流人所应有的美德，他身上无不具备。

公爵　真的吗？要是他真是这样好法，那么他是值得一个王后的眷爱，适宜于充任一个帝王的辅弼的。现在他已经到我们这儿来了，许多大人物都有信来给他吹嘘。他预备在这儿耽搁一些时候，我想你一定很高兴听见这消息吧。

凡伦丁 那真是我求之不得的。

公爵 那么就准备着欢迎他吧。我这话是对你说的，西尔维娅，也是对你说的，修里奥，因为凡伦丁是用不着我怂恿的；我就去叫你的朋友来和你相见。（下。）

凡伦丁 这就是我对您说起过的那个朋友；他本来是要跟我一起来的，可是他的眼睛给他情人的晶莹的盼睐摄住了，所以不能脱身。

西尔维娅 大概现在她已经释放了他，另外有人向她奉献他的忠诚了。

凡伦丁 不，我相信他仍旧是她的俘虏。

西尔维娅 他既然还在恋爱，那么他就应该是盲目的；他既然盲目，怎么能够迢迢而来，找到了你的所在呢？

凡伦丁 小姐，爱情是有二十对眼睛的。

修里奥 他们说爱情不生眼睛。

凡伦丁 爱情没有眼睛来看见像你这样的情人；对于丑陋的事物，它是会闭目不视的。

西尔维娅 算了，算了。客人来了。

普洛丢斯上。

凡伦丁 欢迎，亲爱的普洛丢斯！小姐，请您用特殊的礼遇欢迎他吧。

西尔维娅 要是这位就是你时常念念不忘的好朋友，那么凭着他的才德，一定会得到竭诚的欢迎。

凡伦丁 这就是他。小姐，请您接纳了他，让他同我一样做您的仆人。

西尔维娅 这样高贵的仆人，侍候这样卑微的女主人，未免太屈尊了。

普洛丢斯 哪里的话，好小姐，草野贱士，能够在这样一位卓越的贵人之前亲聆謦欬，实在是三生有幸。

凡伦丁 大家不用谦虚了。好小姐，请您收容他做您的仆人吧。

普洛丢斯 我将以能够奉侍左右，勉效奔走之劳，作为我最大的光荣。

西尔维娅 尽职的人必能得到酬报。仆人，一个庸愚的女主人欢迎着你。

普洛丢斯 这话若出自别人口里，我一定要他的命。

西尔维娅 什么话，欢迎你吗？

普洛丢斯 不，给您加上庸愚两字。

　　　　　　一仆人上。

仆人 小姐，老爷叫您去说话。

西尔维娅 我就来。（仆人下）来，修里奥，咱们一块儿去。新来的仆人，我再向你说一声欢迎。现在我让你们两人畅叙家常，等会儿我们再谈吧。

普洛丢斯 我们两人都随时等候着您的使唤。（西尔维娅、修里奥、史比德同下。）

凡伦丁 现在告诉我，家乡的一切情形怎样？

普洛丢斯 你的亲友们都很安好，他们都叫我问候你。

凡伦丁 你的亲友们呢？

普洛丢斯 我离开他们的时候，他们也都很康健。

凡伦丁　你的爱人怎样？你们的恋爱进行得怎么样了？

普洛丢斯　我的恋爱故事是向来使你讨厌的，我知道你不爱听这
　　　种儿女私情。

凡伦丁　可是现在我的生活已经改变过来了；我正在忏悔我自己
　　　从前对于爱情的轻视，它的至高无上的威权，正在用痛苦
　　　的绝食、悔罪的呻吟、夜晚的哭泣和白昼的叹息惩罚着我。
　　　为了报复我从前对它的侮蔑，爱情已经从我被蛊惑的眼睛
　　　中驱走了睡眠，使它们永远注视着我自己心底的忧伤。啊，
　　　普洛丢斯！爱情是一个有绝大威权的君王，我已经在他面
　　　前甘心臣服，他的惩罚使我甘之如饴，为他服役是世间最
　　　大的快乐。现在我除了关于恋爱方面的谈话以外，什么
　　　都不要听；单单提起爱情的名字，便可以代替了我的三
　　　餐一宿。

普洛丢斯　够了，我在你的眼睛里可以读出你的命运来。你所膜
　　　拜的偶像就是她吗？

凡伦丁　就是她。她不是一个天上的神仙吗？

普洛丢斯　不，她是一个地上的美人。

凡伦丁　她是神圣的。

普洛丢斯　我不愿谄媚她。

凡伦丁　为了我的缘故谄媚她吧，因为爱情是喜欢听人家恭维的。

普洛丢斯　当我有病的时候，你给我苦味的丸药，现在我也要以
　　　其人之道还治其人之身。

凡伦丁　那么就说老实话吧，她即使不是神圣，也是并世无双的
　　　魁首，她是世间一切有生之伦的女皇。

普洛丢斯　除了我的爱人以外。

维洛那二绅士

凡伦丁 不，没有例外，除非你有意诽谤我的爱人。

普洛丢斯 我没有理由喜爱我自己的爱人吗？

凡伦丁 我也愿意帮助你抬高她的身分：她可以得到这样隆重的光荣，为我的爱人捧持衣裾，免得卑贱的泥土偷吻她的裙角；它在得到这样意外的幸运之余，会变得骄傲起来，不肯再去滋养盛夏的花卉，使苛酷的寒冬永驻人间。

普洛丢斯 嗳呀，凡伦丁，你简直在信口乱吹。

凡伦丁 原谅我，普洛丢斯，我的一切赞美之词，对她都毫无用处；她的本身的美点，就可以使其他一切美人黯然失色。她是独一无二的。

普洛丢斯 那么你不要作非分之想吧。

凡伦丁 什么也不能阻止我去爱她。告诉你吧，老兄，她是属于我的；我有了这样一宗珍宝，就像是二十个大海的主人，它的每一粒泥沙都是珠玉，每一滴海水都是天上的琼浆，每一块石子都是纯粹的黄金。不要因为我从来不曾梦到过你而见怪，因为你已经看见我是怎样倾心于我的恋人。我那愚笨的情敌——她的父亲因为他雄于资财而看中了他——刚才和她一同去了，我现在必须追上他们，因为你知道爱情是充满着嫉妒的。

普洛丢斯 可是她也爱你吗？

凡伦丁 是的，我们已经互许终身了；而且我们已经约好设计私奔，结婚的时间也已定当。我先用绳梯爬上她的窗口，把她接了出来，各种手续程序都已完全安排好了。好普洛丢斯，跟我到我的寓所去，我还要请你在这种事情上多多指教呢。

普洛丢斯 你先去吧，你的寓所我会打听得到的。我还要到码头
上去，拿一点必需的用品，然后我就来看你。

凡伦丁 那么你赶快一点吧。

普洛丢斯 好的。（凡伦丁下）正像一阵更大的热焰压盖住原来的
热焰，一枚大钉敲落了小钉，我的旧日的恋情，也因为有
了一个新的对象而完全冷淡了。是我的眼睛在作祟吗？还
是因为凡伦丁把她说得天花乱坠？还是她的真正的完美使
我心醉？或者是我的见异思迁的罪恶，使我全然失去了理
智？她是美丽的，我所爱的朱利娅也是美丽的；可是我对
于朱利娅的爱已经成为过去了，那一段恋情，就像投入火
中的蜡像，已经全然溶解，不留一点原来的痕迹。好像我
对于凡伦丁的友谊已经突然冷淡，我不再像从前那样喜爱
他了；啊，这是因为我太过于爱他的爱人了，所以我才对
他毫无好感。我这样不加思索地爱上了她，如果跟她相知
渐深之后，更将怎样为她倾倒？我现在看见的只是她的外
表，可是那已经使我的理智的灵光晕眩不定，那么当我看
到她内心的美好时，我一定要变成盲目的了。我要尽力克
制我的罪恶的恋情；否则就得设计赢得她的芳心。（下。）

第五场　同前。街道

史比德及朗斯上。

史比德 朗斯，凭着我的良心起誓，欢迎你到米兰来！

朗斯 别胡乱起誓了，好孩子，没有人会欢迎我的。我一向的看

　　　　法就是：一个人没有吊死，总还有命；要是酒账未付，老板娘没有笑逐颜开，也谈不到欢迎两个字。

史比德　来吧，你这疯子，我就请你上酒店去，那边你可以用五便士去买到五千个欢迎。可是我问你，你家主人跟朱利娅小姐是怎样分别的？

朗斯　呃，他们热烈地山盟海誓之后，就这样开玩笑似的分别了。

史比德　她将要嫁给他吗？

朗斯　不。

史比德　怎么？他将要娶她吗？

朗斯　也是个不。

史比德　咦，他们破裂了吗？

朗斯　不，他们两人都是完完整整的。

史比德　那么究竟是怎么一回事呀？

朗斯　是这么的，要是他没有什么问题，她也没有什么问题。

史比德　你真是头蠢驴！我不懂你的话。

朗斯　你真是块木头，什么都不懂！连我的拄杖都懂。

史比德　懂你的话？

朗斯　是啊，和我作的事；你看，我摇摇它，我的拄杖就懂了。

史比德　你的拄杖倒是动了。

朗斯　懂了，动了，完全是一回事。

史比德　老实对我说吧，这门婚姻成不成？

朗斯　问我的狗好了：它要是说是，那就是成；它要是说不，那也是成；它要是摇摇尾巴不说话，那还是成。

史比德　那么结论就是：准成。

朗斯　像这样一桩机密的事你要我直说出来是办不到的。

史比德　亏得我总算听懂了。可是，朗斯，你知道吗？我的主人也变成一个大情人了。

朗斯　这我早就知道。

史比德　知道什么？

朗斯　知道他是像你所说的一个大穷人。

史比德　你这狗娘养的蠢货，你说错了。

朗斯　你这傻瓜，我又没有说你；我是说你主人。

史比德　我对你说：我的主人已经变成一个火热的情人了。

朗斯　让他去在爱情里烧死了吧，那不干我的事。你要是愿意陪我上酒店去，很好；不然的话，你就是一个希伯来人，一个犹太人，不配称为一个基督徒。

史比德　为什么？

朗斯　因为你连请一个基督徒喝杯酒儿的博爱精神都没有。你去不去？

史比德　遵命。（同下。）

第六场　同前。公爵府中一室

普洛丢斯上。

普洛丢斯　舍弃我的朱利娅，我就要违背了盟誓；恋爱美丽的西尔维娅，我也要违背了盟誓；中伤我的朋友，更是违背了盟誓。爱情的力量当初使我信誓旦旦，现在却又诱令我干犯三重寒盟的大罪。夺人灵机的爱情啊！如果你自己犯了罪，那么我是你诱惑的对象，也教教我如何为自己辩解吧。

我最初爱慕的是一颗闪烁的星星，如今崇拜的是一个中天的太阳；无心中许下的誓愿，可以有意把它毁弃不顾；只有没有智慧的人，才会迟疑于好坏二者间的选择。呸，呸，不敬的唇舌！她是你从前用二万遍以灵魂作证的盟言，甘心供她驱使的，现在怎么好把她加上个坏字！我不能朝三暮四转爱他人，可是我已经变了心了；我应该爱的人，我现在已经不爱了。我失去了朱利娅，失去了凡伦丁；要是我继续对他们忠实，我必须失去我自己。我失去了凡伦丁，换来了我自己；失去了朱利娅，换来了西尔维娅：爱情永远是自私的，我自己当然比一个朋友更为宝贵，朱利娅在天生丽质的西尔维娅相形之下，不过是一个黝黑的丑妇。我要忘记朱利娅尚在人间，记着我对她的爱情已经死去；我要把凡伦丁当作敌人，努力取得西尔维娅更甜蜜的友情。要是我不用些诡计破坏凡伦丁，我就无法贯彻自己的心愿。今晚他要用绳梯爬上西尔维娅卧室的窗口，我是他的同谋者，因此与闻了这个秘密。现在我就去把他们设计逃走的事情通知她的父亲；他在勃然大怒之下，一定会把凡伦丁驱逐出境，因为他本来的意思是要把他的女儿下嫁给修里奥的。凡伦丁一去之后，我就可以用些巧妙的计策，拦截修里奥迟钝的进展。爱神啊，你已经帮助我运筹划策，请你再借给我一副翅膀，让我赶快达到我的目的！（下。）

第七场　维洛那。朱利娅家中一室

朱利娅　给我出个主意吧，露西塔好姑娘，你得帮帮我忙。你就像是一块石板一样，我的心事都清清楚楚地刻在上面；现在我用爱情的名义，请求你指教我，告诉我有什么好法子让我到我那亲爱的普洛丢斯那里去，而不致出乖露丑。

露西塔　唉！这条路是悠长而累人的。

朱利娅　一个虔诚的巡礼者用他的软弱的脚步跋涉过万水千山，是不会觉得疲乏的；一个借着爱神之翼的女人，当她飞向像普洛丢斯那样亲爱、那样美好的爱人怀中去的时候，尤其不会觉得路途的艰远。

露西塔　还是不必多此一举，等候着普洛丢斯回来吧。

朱利娅　啊，你不知道他的目光是我灵魂的滋养吗？我在饥荒中因渴慕而憔悴，已经好久了。你要是知道一个人在恋爱中的内心的感觉，你就会明白用空言来压遏爱情的火焰，正像雪中取火一般无益。

露西塔　我并不是要压住您的爱情的烈焰，可是这把火不能够让它燃烧得过于炽盛，那是会把理智的藩篱完全烧去的。

朱利娅　你越把它遏制，它越燃烧得厉害。你知道汩汩的轻流如果遭遇障碍就会激成怒湍；可是它的路程倘使顺流无阻，它就会在光润的石子上弹奏柔和的音乐，轻轻地吻着每一根在它巡礼途中的芦苇，以这种游戏的心情经过许多曲折的路程，最后到达辽阔的海洋。所以让我去，不要阻止我吧；我会像一道耐心的轻流一样，忘怀长途跋涉的辛苦，一步步挨到爱人的门前，然后我就可以得到休息。就像一个有福的灵魂，在经历无数的磨折以后，永息在幸福的天国里一样。

露西塔　可是您在路上应该怎样打扮呢？

朱利娅　为了避免轻狂男子的调戏，我要扮成男装。好露西塔，给我找一套合身的衣服来，使我穿扮起来就像个良家少年一样。

露西塔　那么，小姐，您的头发不是要剪短了吗？

朱利娅　不，我要用丝线把它扎起来，扎成各种花样的同心结。装束得炫奇一点，扮成男子后也许更像年龄比我大一些的小伙子。

露西塔　小姐，您的裤子要裁成什么式样的？

朱利娅　你这样问我，就像人家问，"老爷，您的裙子腰围要多么大"一样。露西塔，你看怎样好就怎样做就是了。

露西塔　可是，小姐，你裤裆前头也得有个兜儿才成。

朱利娅　呸，呸，露西塔，那像个什么样子！

露西塔　小姐，当前流行的紧身裤子，前头要没有那个兜儿，可就太不像话了。

朱利娅　如果你爱我的话，露西塔，就照你认为合适时兴的样子随便给我找一身吧。可是告诉我，我这样冒险远行，世人将要怎样批评我？我怕他们都要说我的坏话呢。

露西塔　既然如此，那么住在家里不要去吧。

朱利娅　不，那我可不愿。

露西塔　那么不要管人家说坏话，要去就去吧。要是普洛丢斯看见您来了很喜欢，那么别人赞成不赞成您去又有什么关系？可是我怕他不见得会怎样高兴吧。

朱利娅　那我可一点不担心；一千遍的盟誓、海洋一样的眼泪以及爱情无限的证据，都向我保证我的普洛丢斯一定会欢迎我。

露西塔　什么盟誓眼泪，都不过是假心的男子们的工具。

朱利娅　卑贱的男人才会把它们用来骗人；可是普洛丢斯有一颗生就的忠心，他说的话永无变更，他的盟誓等于天诰，他的爱情是真诚的，他的思想是纯洁的，他的眼泪出自衷心，诈欺沾不进他的心肠，就像霄壤一样不能相合。

露西塔　但愿您看见他的时候，他还是像您所说的一样！

朱利娅　你要是爱我的话，请你不要怀疑他的忠心；你也应当像我一样爱他，我才喜欢你。现在你快跟我进房去，把我在旅途中所需要的物件检点一下。我所有的东西，我的土地财产，我的名誉，一切都归你支配；我只要你赶快帮我收拾动身。来，别多说话了，赶快！我心里急得什么似的。（同下。）

第三幕

第一场　米兰。公爵府中接待室

公爵、修里奥及普洛丢斯上。

公爵　修里奥，请你让我们两人说句话儿，我们有点秘密的事情
要商议一下。（修里奥下）现在告诉我吧，普洛丢斯，你要
对我说些什么话？

普洛丢斯　殿下，按照朋友的情分而论，我本来不应该把这件事
情告诉您；可是我想起像我这样无德无能的人，多蒙殿下
恩宠有加，倘使这次知而不报，在责任上实在说不过去；
虽然如果换了别人，无论多少世间的财富，都不能诱我开
口的。殿下，您要知道在今天晚上，我的朋友凡伦丁想要
把令嫒劫走，他曾经把他的计划告诉我。我知道您已经决
定把她嫁给修里奥，令嫒对这个人却是不大满意的；现在

假如她跟凡伦丁逃走了，那对于您这样年纪的人一定是一个重大的打击。所以我为了责任所迫，宁愿破坏我的朋友的计谋，却不愿代他隐瞒起来，免得您因为事出不意，而气坏了您的身子。

公爵　普洛丢斯，多谢你这样关切我；我活一天，一定会补报你的。他们虽然当我在睡梦之中，可是我早就看出他们两人在恋爱；我也常常想禁止凡伦丁和她亲近，或是不许他到我的宫廷里来，可是因为我不愿操切从事，生恐我的猜疑并非事实，反倒错怪了好人，所以仍旧照样持之以礼，慢慢看出他的举止用心来。我知道年轻人血气未定，易受诱惑，早就防范到这一步，每天晚上我叫她睡在阁上，她房间的钥匙由我亲自保管，所以别人是没有法子把她偷走的。

普洛丢斯　殿下，他们已经想出了一个法子，他预备用绳梯爬上她的窗口，把她从窗里接下来。他现在去拿绳梯去了，等会儿就会经过这里，您要是愿意的话，就可以拦住问他。可是殿下，您盘问他的时候话要说得巧妙一点，别让他知道是我走了风，因为我这样报告您，只是出于我对您的忠诚，不是因为对我的朋友有什么过不去的地方。

公爵　我用名誉为誓，他不会知道我是从你这里得到这消息的。

普洛丢斯　再会，殿下，凡伦丁就要来了。（下。）

　　　　　凡伦丁上。

公爵　凡伦丁，你这么急急地要到哪儿去？

凡伦丁　启禀殿下，有一个寄书人在外面，等着我把信交给他带给我的朋友们。

公爵　是很重要的信吗？

维洛那二绅士

凡伦丁　不过告诉他们我在殿下这儿很好、很快乐而已。

公爵　那没什么要紧，陪着我谈谈吧。我要告诉你一些我的切身的事情，你可不要对外面的人说。你知道我曾经想把我的女儿许给我的朋友修里奥。

凡伦丁　那我很知道，殿下，这门亲事要是成功，那的确是门当户对；而且这位先生品行又好，又慷慨，又有才学，令嫒配给他真是再好没有了。殿下不能够叫她也喜欢他吗？

公爵　就是这么说。这孩子脾气坏，没有规矩，瞧不起人，又不听话又固执，一点不懂得孝道；她忘记了她是我的女儿，也不把我当一个父亲那样敬畏。不瞒你说，她这样忤逆，使我对于她的爱也完全消失了。我本来想象我这样年纪的人，有这么一个女儿承欢膝下，也可以娱此余生；现在事与愿违，我已经决定再娶一房妻室；至于我这女儿，谁要她便送给他，她的美貌就是她的嫁奁，因为她既然瞧不起我，当然也不会把我的财产放在心上的。

凡伦丁　关于这件事情，殿下要吩咐我做些什么？

公爵　在这儿，有一位维洛那地方的姑娘，我看中了她；可是她很贞静幽娴，我这老头子说的话是打不动她的心的。我已经老早忘记了求婚的那一套法子，而且现在时世也不同了，所以我现在要请你教导教导我，怎样才可以使她那太阳一样明亮的眼睛眷顾到我。

凡伦丁　她要是不爱听空话，那么就用礼物去博取她的欢心；无言的珠宝比之流利的言辞，往往更能打动女人的心。

公爵　我也曾经送过礼物给她，可是她一点不看重它。

凡伦丁　女人有时在表面上装作不以为意，其实心里是万分喜欢的。您应当继续把礼物送去给她,切不可灰心;起先的冷淡,将会使以后的恋爱更加热烈。她要是向您假意生嗔,那不是因为她讨厌您,而是因为她希望您更加爱她。她要是骂您,那不是因为她要您离开她,因为女人若是没有人陪着是会气得发疯的。无论她怎么说,您总不要后退,因为她嘴里叫您走,实在并不是要您走。称赞恭维是讨好女人的秘诀;尽管她生得又黑又丑,您不妨说她是天仙化人。一个男人生着三寸不烂之舌,要是说服不了一个女人,那还算是什么男人!

公爵 可是我所说起的那位姑娘,已经由她的亲族们许配给一个年轻的绅士了。她家里门户森严,任何男人在白天走不进去。

凡伦丁 那么要是我,就在夜里去见她。

公爵 可是门户密闭,没有钥匙,在夜里更走不进去。

凡伦丁 门里走不进去,不是可以打窗里进去吗?

公爵 她的寝室在很高的楼上,要是爬上去,准有生命之虞。

凡伦丁 只要找一副轻便的绳梯,用一对铁钩把它抛到窗沿上就成了;若是您有胆量冒这个险,就可以像古诗里的少年那样攀上高楼去和情人幽会。

公爵 请你看在你世家子弟的身份上,告诉我什么地方可以弄到这种梯子。

凡伦丁 您什么时候要用?请您告诉我。

公爵 我今夜就要;因为恋爱就像小孩一样,想要什么东西巴不得立刻就有。

凡伦丁 七点钟我可以给您弄到这么一副梯子来。

维洛那二绅士

公爵　可是我想一个人去看她，这副梯子怎么带去呢？

凡伦丁　那是很轻便的，您可以把它藏在外套里面。

公爵　像你这样长的外套藏得下吗？

凡伦丁　可以藏得下。

公爵　那么让我穿穿你的外套看；我要照这尺寸另做一件。

凡伦丁　啊，殿下，随便什么外套都一样可用的。

公爵　外套应当怎样穿法才对？请你让我试穿一下吧。（拉开凡伦丁的外套）这封是什么信？上面写着的是什么？——给西尔维娅！这儿还有我所需要的工具！恕我这回无礼，把这封信拆开了。

　　相思夜夜飞，飞绕情人侧；

　　身无彩凤翼，无由见颜色。

　　灵犀虽可通，室迩人常遐，

　　空有梦魂驰，漫漫怨长夜！

这儿还写着什么？"西尔维娅，请于今夕偕遁。"原来如此，这就是你预备好的梯子！哼，好一副偷天换日的本领！你因为看见星星向你闪耀，就想上去把它们采摘吗？去，你这妄图非分的小人，放肆无礼的奴才！向你的同类们去胁肩谄笑吧！不要以为你自己有什么了不起的地方，我因为不屑和你计较，才叫你立刻离开此地；不来过分为难你。我从前已经给过你太多的恩惠，现在就向你再开一次恩吧。可是你假如不立刻收拾动身，在我的领土上多停留一刻工夫，哼！那时我发起怒来，可要把我从前对你和我女儿的心意都抛开不管了。快去！我不要听你无益的辩解；你要是看重你的生命，就立刻给我走吧。（下。）

凡伦丁　与其活着受煎熬，何不一死了事？死不过是把自己放逐出自己的躯壳以外；西尔维娅已经和我合成一体，离开她就是离开我自己，这不是和死同样的刑罚吗？看不见西尔维娅，世上还有什么光明？没有西尔维娅在一起，世上还有什么乐趣？我只好闭上眼睛假想她在旁边，用这样美好的幻影寻求片刻的陶醉。除非夜间有西尔维娅陪着我，夜莺的歌唱只是不入耳的噪音；除非白天有西尔维娅在我的面前，否则我的生命将是一个不见天日的长夜。她是我生命的精华，我要是不能在她的煦护拂庇之下滋养我的生机，就要干枯憔悴而死。即使能逃过他这可怕的判决，我也仍然不能逃避死亡；因为我留在这儿，结果不过一死，可是离开了这儿，就是离开了生命所寄托的一切。

普洛丢斯及朗斯上。

普洛丢斯　快跑，小子！跑，跑，把他找出来。

朗斯　喂！喂！

普洛丢斯　你看见什么？

朗斯　我们所要找的那个人；他头上每一根头发都是凡伦丁。

普洛丢斯　是凡伦丁吗？

凡伦丁　不是。

普洛丢斯　那么是谁？他的鬼吗？

凡伦丁　也不是。

普洛丢斯　那么你是什么？

凡伦丁　我不是什么。

朗斯　那么你怎么会说话呢？少爷，我打他好不好？

维洛那二绅士

普洛丢斯　你要打谁？

朗斯　不打谁。

普洛丢斯　狗才，住手。

朗斯　唷，少爷！我打的不是什么呀；请你让我——

普洛丢斯　我叫你不许放肆。——凡伦丁，我的朋友，让我跟你讲句话儿。

凡伦丁　我的耳朵里满是坏消息，现在就是有好消息也听不见了。

普洛丢斯　那么我还是把我所要说的话埋葬在无言的沉默里吧，因为它们是刺耳而不愉快的。

凡伦丁　难道是西尔维娅死了吗？

普洛丢斯　没有，凡伦丁。

凡伦丁　没有凡伦丁，不错，神圣的西尔维娅已经没有她的凡伦丁了！难道是她把我遗弃了吗？

普洛丢斯　没有，凡伦丁。

凡伦丁　没有凡伦丁，她要是把我遗弃了，世上自然再没有凡伦丁这个人了！那么你有些什么消息？

朗斯　凡伦丁少爷，外面贴着告示说把你取消了。

普洛丢斯　把你驱逐了。是的，那就是我要告诉你的消息，你必须离开这里，离开西尔维娅，离开我，你的朋友。

凡伦丁　唉！这服苦药我已经咽下去了，太多了将使我噎塞而死。西尔维娅知道我已经被放逐了吗？

普洛丢斯　是的，她听见这个判决以后，曾经流过无数珍珠溶化成的眼泪，跪倒在她凶狠的父亲脚下苦苦哀求，她那皎洁的纤手好像因为悲哀而化为惨白，在她的胸前搓绞着；可是跪地的双膝、高举的玉手、悲伤的叹息、痛苦的呻吟、银色的泪珠，都不能感动她那冥顽不灵的父亲，他坚持着凡伦丁倘在米兰境内被捕，就必须处死；而且当她在恳求他收回成命的时候，他因为她的多事而大为震怒，竟把她关了起来，恫吓着要把她终身禁锢。

凡伦丁 别说下去了，除非你的下一句话能够致我于死命，那么我就请你轻声送进我的耳中，好让我能够从无底的忧伤中获得解放，从此长眠不醒。

普洛丢斯 事已至此，悲伤也不中用，还是想个补救的办法吧；只要静待时机，总有运命转移的一天。你要是停留在此地，仍旧见不到你的爱人，而且你自己的生命也要保不住。希望是恋人们的唯一凭借，你不要灰心，尽管到远处去吧。虽然你自己不能到这里来，你仍旧可以随时通信，只要写明给我，我就可以把它转交到你爱人的乳白的胸前。现在时间已经很匆促，我不能多多向你劝告，来，我送你出城，在路上我们还可以谈谈关于你的恋爱的一切。你即使不以你自己的安全为重，也应该为你的爱人着想；请你就跟着我走吧。

凡伦丁 朗斯，你要是看见我那小子，叫他赶快到北城门口会我。

普洛丢斯 去，狗才，快去找他。来，凡伦丁。

凡伦丁 啊，我的亲爱的西尔维娅！倒霉的凡伦丁！（凡伦丁、普洛丢斯同下。）

朗斯 瞧吧，我不过是一个傻瓜，可是我却知道我的主人不是个好人，这且不去说它。没有人知道我也在恋爱了；可是我真的在恋爱了；可是几匹马也不能把这秘密从我嘴里拉出来，我也决不告诉人我爱的是谁。不用说，那是一个女

维洛那二绅士

人；可是她是怎样一个女人，这我可连自己也不知道。总之她是一个挤牛奶的姑娘；其实她不是姑娘，因为据说她都养过几个私生子了；可是她是个拿工钱给东家做事的姑娘。她的好处比猎狗还多，这在一个基督徒可就不容易了。（取出一纸）这儿是一张清单，记载着她的种种能耐。"第一条，她可供奔走之劳，为人来往取物。"啊，就是一匹马也不过如此；不，马可供奔走之劳，却不能来往取物，所以她比一匹吊儿郎当的马好得多了。"第二条，她会挤牛奶。"听着，一个姑娘要是有着一双干净的手，这是一件很大的好处。

　　　　　史比德上。

史比德　喂，朗斯先生，尊驾可好？

朗斯　我东家吗？他到港口送行去了。

史比德　你又犯老毛病，把词儿听错了。你这纸上有什么新闻？

朗斯　很不妙，简直是漆黑一团。

史比德　怎么会漆黑一团呢？

朗斯　咳，不是用墨写的吗？

史比德　让我也看看。

朗斯　呸，你这呆鸟！你又不识字。

史比德　谁说的？我怎么不识字？

朗斯　那么我倒要考考你。告诉我，谁生下了你？

史比德　呃，我的祖父的儿子。

朗斯　嗳哟，你这没有学问的浪荡货！你是你祖母的儿子生下来的。这就可见得你是个不识字的。

史比德　好了，你才是个蠢货，不信让我念给你听。

朗斯 好，拿去，圣尼古拉斯①保佑你！

史比德 "第一条，她会挤牛奶。"

朗斯 是的，这是她的拿手本领。

史比德 "第二条，她会酿上好的麦酒。"

朗斯 所以有那么一句古话，"你酿得好麦酒，上帝保佑你。"

史比德 "第三条，她会缝纫。"

朗斯 这就是说：她会逢迎人。

史比德 "第四条，她会编织。"

朗斯 有了这样一个女人，可不用担心袜子破了。

史比德 "第五条，她会揩拭抹洗。"

朗斯 妙极，这样我可以不用替她揩身抹脸了。

史比德 "第六条，她会织布。"

朗斯 这样我可以靠她织布维持生活，舒舒服服地过日子了。

史比德 "第七条，她有许多无名的美德。"

朗斯 正像私生子一样，因为不知谁是他的父亲，所以连自己的姓名也不知道。

史比德 "下面是她的缺点。"

朗斯 紧接在她好处的后面。

史比德 "第一条，她的口气很臭，未吃饭前不可和她接吻。"

朗斯 嗯，这个缺点是很容易矫正过来的，只要吃过饭吻她就是了。念下去。

史比德 "第二条，她喜欢吃糖食。"

朗斯 那可以掩盖住她的口臭。

---

①圣尼古拉斯（St.Nicholas），此处是中世纪录事文书等的保护神。

维洛那二绅士

史比德 "第三条，她常常睡梦里说话。"

朗斯 那没有关系，只要不在说话的时候打瞌睡就是了。

史比德 "第四条，她说起话来慢吞吞的。"

朗斯 他妈的！这怎么算是她的缺点？说话慢条斯理是女人最大的美德。请你把这条涂掉，把它改记到她的好处里面。

史比德 "第五条，她很骄傲。"

朗斯 把这条也涂掉。女人是天生骄傲的，谁也对她无可如何。

史比德 "第六条，她没有牙齿。"

朗斯 那我也不在乎，我就是爱啃面包皮的。

史比德 "第七条，她爱发脾气。"

朗斯 哦，她没有牙齿，不会咬人，这还不要紧。

史比德 "第八条，她喜欢不时喝杯酒。"

朗斯 是好酒她当然喜欢喝，就是她不喝我也要喝，好东西是人人喜欢的。

史比德 "第九条，她为人太随便。"

朗斯 她不会随便说话，因为上面已经写着她说起话来慢吞吞的；她也不会随便用钱，因为我会管牢她的钱袋；至于在另外的地方随随便便，那我也没有法子。好，念下去吧。

史比德 "第十条，她的头发比智慧多，她的错处比头发多，她的财富比错处多。"

朗斯 慢慢，听了这一条，我又想要她，又想不要她；你且给我再念一遍。

史比德 "她的头发比智慧多——"

朗斯 这也许是的，我可以用譬喻证明：包盐的布包袱比盐多，包住脑袋的头发也比智慧多，因为多的才可以包住少的。

下面怎么说？

史比德 "她的错处比头发多——"

朗斯 那可糟透了！嗳哟，要是没有这句话多么好！

史比德 "她的财富比错处多。"

朗斯 啊，有这么一句，她的错处也变成好处了。好，我一定要娶她；要是这门亲事成功，天下没有不可能的事情——

史比德 那么你便怎样？

朗斯 那么我就告诉你吧，你的主人在北城门口等你。

史比德 等我吗？

朗斯 等你！嘿，你算什么人！他还等过比你身分高尚的人哩。

史比德 那么我一定要到他那边去吗？

朗斯 你非得奔去不可，因为你在这里耽搁了这么多的时候，跑去恐怕还来不及。

史比德 你为什么不早告诉我？他妈的还念什么情书！（下。）

朗斯 他擅自读我的信，现在可要挨一顿揍了。谁叫他不懂规矩，滥管人家的闲事。我倒要跟上前去，瞧瞧这狗头受些什么教训，也好让我痛快一番。（下。）

第二场　同前。公爵府中一室

公爵及修里奥上。

公爵 修里奥，不要担心她不爱你，现在凡伦丁已经不在她眼前了。

修里奥 自从他被放逐以后，她格外讨厌我，不愿跟我在一起，

见了面就要骂我，现在我对于获得她的爱情已经不存什么
希望了。

公爵 这一种爱情的脆弱的刻痕就像冰雪上的纹印一样，只需片
刻的热气，就能把它溶化在水中而消失影踪。她的凝冻的
心思不久就会溶解，那时她就会忘记卑贱的凡伦丁。

　　　　　　普洛丢斯上。

公爵 啊，普洛丢斯！你的同乡有没有照我的命令离开米兰？

普洛丢斯 他已经走了，殿下。

公爵 我的女儿因为他走了很伤心呢。

普洛丢斯 殿下，过几天她的悲伤就会慢慢消失的。

公爵 我也这样想，可是修里奥却不以为如此。普洛丢斯，我知
道你为人可靠——因为你已经用行动表示你的忠心——现
在我要跟你商量商量。

普洛丢斯 只要我活在世上一天，我对于殿下的忠心是永无变
更的。

公爵 你知道我很想把修里奥和我的女儿配合成亲。

普洛丢斯 是，殿下。

公爵 我想你也不会不知道她是怎样违梗着我的意思。

普洛丢斯 那是当凡伦丁在这儿的时候，殿下。

公爵 是的，可是她现在仍旧执迷不悟。我们怎样才可以叫这孩
子忘记了凡伦丁，转过心来爱修里奥？

普洛丢斯 最好的法子是散播关于凡伦丁的坏话，说他心思不正，
行为懦弱，出身寒贱，这三件是女人家听见了最恨的事情。

公爵 不错，可是她会以为这是人家故意造谣中伤他。

普洛丢斯 是的，如果那种话是出自于他的仇敌之口的话。所以

　　　　我们必须叫一个她所认为是他的朋友的人，用巧妙婉转的
　　　　措辞去告诉她。

公爵　那么这件事就得有劳你了。

普洛丢斯　殿下，那可是我最最不愿意做的事。本来这种事就不
　　　　是一个上流人所应该做的，何况又是说自己好朋友的坏话。

公爵　现在你的好话既不能使他得益，那么你对他的诽谤也未必
　　　　对他有什么害处，所以这件事其实是无所谓的，请你瞧在
　　　　我的面上勉为其难吧。

普洛丢斯　殿下既然这么说，那么我也只好尽力效劳，使她不再
　　　　爱他。可是即使她听了我说的关于凡伦丁的坏话，断绝了
　　　　她对他的痴心，那也不见得她就会爱上修里奥。

修里奥　所以你在替她斩断情丝的时候，为了避免它变成纠结紊
　　　　乱的一团，对谁都没有好处，你得把它转系到我的身上；
　　　　你说了凡伦丁怎样一句坏话，就反过来说我怎样一句好话。

公爵　普洛丢斯，我们敢于信任你去干这件工作，因为我们听见
　　　　凡伦丁说起过，知道你已经是一个爱神龛前的忠实信徒，
　　　　不会见异思迁的，所以我们可以放心让你和西尔维娅自由
　　　　谈话。她现在心绪非常恶劣，因为你是凡伦丁的朋友，她
　　　　一定高兴你去和她谈谈，你就可以婉劝她割绝对凡伦丁的
　　　　爱情，来爱我的朋友。

普洛丢斯　我一定尽我的力量办去。可是修里奥大人，您在恋爱
　　　　上面的功夫还差一点儿，您该写几首缠绵凄恻的情诗，申
　　　　说着您是怎样愿意为她鞠躬尽瘁，才可以笼络住她的心。

公爵　对了，诗歌感人之力是非常深刻的。

普洛丢斯　您可以说在她美貌的圣坛上，您愿意贡献您的眼泪、

维
洛
那
二
绅
士

57

您的叹息以及您的赤心。您要写到墨水干涸，然后再用眼泪润湿您的笔尖，写下几行动人的诗句，表明您的爱情是如何真诚。因为俄耳甫斯①的琴弦是用诗人的心肠作成的，它的金石之音足以使木石为之感动，猛虎听见了会贴耳驯服，巨大的海怪会离开了深不可测的海底，在沙滩上应声起舞。您在寄给她这种悲歌以后，便应该在晚间到她的窗下用柔和的乐器，一声声弹奏出心底的忧伤。黑夜的静寂是适宜于这种温情的哀诉的，只有这样才能博取她的芳心。

公爵 你这样循循善诱，足见是情场老手。

修里奥 我今夜就照你的指教实行。普洛丢斯，我的好师傅，咱们一块儿到城里去访寻几位音乐的好手。我有一首现成的情诗在此，不妨先把它来试一下看。

公爵 那么你们立刻找去吧！

普洛丢斯 我们还要侍候殿下用过晚餐，然后再决定如何进行。

公爵 不，现在就去预备起来吧，我不会怪你们的。（同下。）

---

①俄耳甫斯（Orpheus），希腊神话里的著名歌手，据说他能以歌声使山林、岩石移动，使野兽驯服。

第四幕

第一场　米兰与维洛那之间的森林

　　　　　　若干强盗上。

盗甲　弟兄们，站住，我看见有一个过路人来了。

盗乙　尽管来他十个二十个，大家也不要怕，上前去。

　　　　　　凡伦丁及史比德上。

盗丙　站住，老兄，把你的东西丢下来；倘有半个不字，我们就
　　　要动手抢了。

史比德　少爷，咱们这回完了；这班人就是行路人最害怕的那种
　　　家伙。

凡伦丁　列位朋友——

盗甲　你错了，老兄，我们是你的仇敌。

盗乙　别嚷，听他怎么说。

盗丙　不错，我们要听听他怎么说，因为他瞧上去还像个好人。

凡伦丁　不瞒列位说，我是一个命运不济的人，除了这一身衣服以外，实在没有一点财物。列位要是一定要我把衣服脱下，那就等于把我全部的家财夺走了。

盗乙　你要到哪里去？

凡伦丁　到维洛那去。

盗甲　你是从哪儿来的？

凡伦丁　米兰。

盗丙　你住在那里多久了？

凡伦丁　十六个月；倘不是恶运临到我身上，我也不会就离开米兰的。

盗乙　怎么，你是给他们驱逐出来的吗？

凡伦丁　是的。

盗乙　为了什么罪名？

凡伦丁　一提起这件事情，使我心里异常难过。我杀了一个人，现在觉得十分后悔；可是幸而他是我在一场争斗中杀死的，我并不曾用诡计阴谋加害于他。

盗甲　果然是这样，那么你也不必后悔。可是他们就是为了这么一件小小过失，把你驱逐出境吗？

凡伦丁　是的，他们给我这样的判决，我自己已经认为是一件幸事。

盗乙　你会讲外国话吗？

凡伦丁　我因为在年轻时候就走远路，所以勉强会说几句，不然有许多次简直要吃大亏哩。

盗丙　凭侠盗罗宾汉手下那个胖神父的光头起誓，这个人叫他做咱们这一伙儿的首领，倒很不错。

盗甲 我们要收容他。弟兄们，讲句话儿。

史比德 少爷，您去和他们合伙吧；他们倒是一群光明磊落的强
盗呢。

凡伦丁 别胡说，狗才！

盗乙 告诉我们，你现在有没有什么事情好做？

凡伦丁 没有，我现在悉听命运的支配。

盗丙 那么老实对你说吧，我们这一群里面也很有几个良家子弟，
因为少年气盛，胡作非为，被循规蹈矩的上流社会所摈斥。
我自己也是维洛那人，因为想要劫走一位公爵近亲的贵家
嗣女，所以才遭放逐。

盗乙 我因为一时气恼，把一位绅士刺死了，被他们从曼多亚赶
了出来。

盗甲 我也是犯着和他们差不多的小罪。可是闲话少说，我们所
以把我们的过失告诉你，因为要人知道我们过这种犯法的
生涯，也是不得已而出此；一方面我们也是见你长得一表
人材，照你自己说来又会说各国语言，像你这样的人，倒
是我们所需要的。

盗乙 而且尤其因为你也是一个被放逐之人，所以我们破例来和
你商量。你愿意不愿意做我们的首领？穷途落难，未始不
可借此栖身，你就像我们一样生活在旷野里吧！

盗丙 你说怎么样？你愿意和我们同伙吗？你只要答应下来，我
们就推戴你做首领，大家听从你的号令，把你尊为寨主。

盗甲 可是你倘不接受我们的好意，那你休想活命。

盗乙 我们决不放你活着回去向人家吹牛。

维洛那二绅士

凡伦丁 我愿意接受列位的好意，和你们大家在一起；可是我也
有一个条件，你们不许侵犯无知的女人，也不许劫夺穷苦
的旅客。

盗丙 不，我们一向不干这种卑劣的行为。来，跟我们去吧。我
们要带你去见我们的合寨弟兄，把我们所得到的一切金银
财宝都给你看，什么都由你支配，我们大家都愿意服从你。
（同下。）

第二场　米兰。公爵府中庭园

　　　　　　　普洛丢斯上。

普洛丢斯 我已经对凡伦丁不忠实，现在又必须把修里奥欺诈；
我假意替他吹嘘，实际却是为自己开辟求爱的门径。可是
西尔维娅是太好、太贞洁、太神圣了，我的卑微的礼物是
不能把她污渎的。当我向她申说不变的忠诚的时候，她责
备我对朋友的无义；当我向她的美貌誓愿贡献我的一切的
时候，她叫我想起被我所背盟遗弃的朱利娅。她的每一句
冷酷的讥刺，都可以使一个恋人心灰意懒；可是她越是不
理我的爱，我越是像一头猎狗一样不愿放松她。现在修里
奥来了；我们就要到她的窗下去，为她奏一支夜曲。

　　　　　　　修里奥及众乐师上。

修里奥 啊，普洛丢斯！你已经一个人先溜来了吗？

普洛丢斯 是的，为爱情而奔走的人，当他嫌跑得不够快的时候，
就会溜了去的。

修里奥　你说得不错；可是我希望你的爱情不是着落在这里吧？

普洛丢斯　不，我所爱的正在这里，否则我到这儿来干么？

修里奥　谁？西尔维娅吗？

普洛丢斯　正是西尔维娅，我为了你而爱她。

修里奥　多谢多谢。现在，各位，大家调起乐器来，用劲地吹
　　　　奏吧。

旅店主上，朱利娅男装随后。

旅店主　我的小客人，你怎么这样闷闷不乐似的，请问你有什么
　　　　心事呀？

朱利娅　呃，老板，那是因为我快乐不起来。

旅店主　来，我要叫你快乐起来。让我带你到一处地方去，那里
　　　　你可以听到音乐，也可以见到你所打听的那位绅士。

朱利娅　可是我能够听见他说话吗？

旅店主　是的，你也能够听见。

朱利娅　那就是音乐了。（乐声起。）

旅店主　听！听！

朱利娅　他也在这里面吗？

旅店主　是的；可是你别闹，咱们听吧。

歌

西尔维娅伊何人，

乃能颠倒众生心？

神圣娇丽且聪明，

天赋诸美萃一身，

俾令举世诵其名。

伊人颜色如花浓，

维洛那二绅士

伊人宅心如春柔；

盈盈妙目启瞢矇，

创平痍复相思瘳，

寸心永驻眼梢头。

弹琴为伊歌一曲，

伊人美好世无伦；

尘世萧条苦寂寞，

唯伊灿耀如星辰；

穿花为束献佳人。

旅店主 怎么，你现在反而更加悲伤了吗？你怎么啦，孩子？这音乐不中你的意吧。

朱利娅 您错了，我恼的是奏音乐的人。

旅店主 为什么，我的好孩子？

朱利娅 因为他奏错了，老人家。

旅店主 怎么，他弹得不对吗？

朱利娅 不是，可是他搅酸了我的心弦。

旅店主 你倒有一双知音的耳朵。

朱利娅 唉！我希望我是个聋子；听了这种音乐，我的心也停止跳动了。

旅店主 我看你是不喜欢音乐的。

朱利娅 像这样刺耳的音乐，我真是一点也不喜欢。

旅店主 听！现在又换了一个好听的曲子了。

朱利娅 嗯，我恼的就是这种变化无常。

旅店主 那么你情愿他们老是奏着一个曲子吗？

朱利娅 我希望一个人终生奏着一个曲子。可是，老板，我们说起的这位普洛丢斯常常到这位小姐这儿来吗？

旅店主 我听他的仆人朗斯告诉我，他爱她爱得什么似的。

朱利娅 朗斯在哪儿？

旅店主 他去找他的狗去了；他的主人吩咐他明天把那狗送去给他的爱人。

朱利娅 别说话，站开些，这一班人散开了。

普洛丢斯 修里奥，您放心好了，我一定给您婉转说情，您看我的手段吧。

修里奥 那么咱们在什么地方会面？

普洛丢斯 在圣葛雷古利井。

修里奥 好，再见。（修里奥及众乐师下。）

　　　　　　西尔维娅自上方窗口出现。

普洛丢斯 小姐，晚安。

西尔维娅 谢谢你们的音乐，诸位先生。说话的是哪一位？

普洛丢斯 小姐，您要是知道我的纯洁的真心，您就会听得出我的声音。

西尔维娅 是普洛丢斯先生吧？

普洛丢斯 正是您的仆人普洛丢斯，好小姐。

西尔维娅 你来此有何见教？

普洛丢斯 我是为侍候您的旨意而来的。

西尔维娅 好吧，我就让你知道我的旨意，请你赶快回去睡觉吧。你这居心险恶、背信弃义之人！你曾经用你的誓言骗过不知多少人，现在你以为我也这样容易受骗，想用你的甘言来引诱我吗？快点儿回去，设法补赎你对你爱人的罪愆吧。我凭着这苍白的月亮起誓，你的要求是我所绝对不愿允许的；为了你的非分的追求，我从心底里瞧不起你，现在我这样向你多说废话，回头我还要痛恨我自己呢。

普洛丢斯 亲爱的人儿，我承认我曾经爱过一位女郎，可是她现在已经死了。

朱利娅 （旁白）一派胡言，她还没有下葬呢。

西尔维娅 就算她死了，你的朋友凡伦丁还活着；你自己亲自作证我已经将身心许给他。现在你这样向我絮渎，你也不觉得愧对他吗？

普洛丢斯 我听说凡伦丁也已经死了。

西尔维娅 那么你就算我也已经死了吧；你可以相信我的爱已经埋葬在他的坟墓里。

普洛丢斯 好小姐，让我再把它发掘出来吧。

西尔维娅 到你爱人的坟上，去把她叫活过来吧；或者至少也可以把你的爱和她埋葬在一起。

朱利娅 （旁白）这种话他是听不进去的。

普洛丢斯 小姐，您既然这样心硬，那么请您允许把您卧室里挂着的您那幅小像赏给我，安慰我这一片痴心吧。我要每天对它说话，向它叹息流泪；因为您的卓越的本人既然爱着他人，那么我不过是一个影子，只好向您的影子贡献我的真情了。

朱利娅 （旁白）这画像倘使是一个真人，你也一定会有一天欺骗她，使她像我一样变成一个影子。

西尔维娅 先生，我很不愿意被你当作偶像，可是你既然是一个虚伪成性的人，那么让你去崇拜虚伪的影子，倒也于你很合适。明儿早上你叫一个人来，我就让他把它带给你。现在你可以去好好地休息了。

普洛丢斯　正像不幸的人们终夜未眠，等候着清晨的处决一样。

（普洛丢斯、西尔维娅各下。）

朱利娅　老板，咱们也走吧。

旅店主　嗳哟，我睡得好熟！

朱利娅　请问您，普洛丢斯住在什么地方？

旅店主　就在我的店里。嗳哟，现在天快亮了。

朱利娅　还没有哩；可是今夜啊，是我一生中最悠长、最难挨的一夜！（同下。）

第三场　同　前

爱格勒莫上。

爱格勒莫　这是西尔维娅小姐约我去见她的时辰，她要差我做一件重要的事情。小姐！小姐！

西尔维娅在窗口出现。

西尔维娅　是谁？

爱格勒莫　是您的仆人和朋友，来听候您的使唤的。

西尔维娅　爱格勒莫先生，早安！

爱格勒莫　早安，尊贵的小姐！我遵照您的吩咐，一早到这儿来，不知道您要叫我做些什么事？

西尔维娅　啊，爱格勒莫，你是一个正人君子，不要以为我在恭维你，我发誓我说的是真心话，你是一个勇敢、智慧、慈悲、能干的人。你知道我对于被放逐在外的凡伦丁抱着怎样的好感；你也知道我的父亲要强迫我嫁给我所憎厌的骄傲的修里奥。你自己也是恋爱过来的，我曾经听你说过，没有一种悲哀比之你真心的爱人死去那时候更使你心碎了，你已经对你爱人的坟墓宣誓终身不娶。爱格勒莫先生，我要到曼多亚去找凡伦丁，因为我听说他住在那边；可是我担心路上不好走，想请你陪着我去，我完全相信你为人可靠。爱格勒莫，不要用我父亲将要发怒的话来劝阻我；请你想一想我的伤心，一个女人的伤心吧；而且我的逃走是为要避免一门最不合适的婚姻，它将会招致不幸的后果。我从我自己充满了像海洋中沙砾那么多的忧伤的心底向你请求，请你答应和我作伴同行；要是你不肯答应我，那么也请你把我对你说过的话保守秘密，让我一个人冒险前去吧。

爱格勒莫　小姐，我非常同情您的不幸；我知道您的用心是纯洁的，所以我愿意陪着您去；我也管不了此去对于我自己利害如何，但愿您能够遇到一切的幸福。您打算什么时候走？

西尔维娅　今天晚上。

爱格勒莫　我在什么地方和您会面？

西尔维娅　在伯特力克神父的修道院里，我想先在那里作一次忏悔礼拜。

爱格勒莫　我决不失约。再见，好小姐。

西尔维娅　再见，善良的爱格勒莫先生。（各下。）

第四场　同　前

朗斯携犬上。

朗斯　一个人不走运时，自己的仆人也会像恶狗一样反过来咬他
一口。这畜生，我把它从小喂大；它的三四个兄弟姊妹落
下地来眼睛还没睁开，便给人淹死了，是我把它救了出
来。我辛辛苦苦地教导它，正像人家说的，教一条狗也不
过如此。我的主人要我把它送给西尔维娅小姐，我一脚刚
踏进膳厅的门，这作怪的东西就跳到砧板上把阉鸡腿衔去
了。唉，一条狗当着众人面前，一点不懂规矩，那可真糟
糕！按道理说，要是以狗自命，作起什么事来都应当有几
分狗聪明才对。可是它呢？倘不是我比它聪明几分，把它
的过失认在自己身上，它早给人家吊死了。你们替我评评
理看，它是不是自己找死？它在公爵食桌底下和三、四条
绅士模样的狗在一起，一下子就撒起尿来，满房间都是臊
气。一位客人说，"这是哪儿来的癞皮狗？"另外一个人说，
"赶掉它！赶掉它！"第三个人说，"用鞭子把它抽出去！"
公爵说，"把它吊死了吧。"我闻惯了这种尿臊气，知道是
克来勃干的事，连忙跑到打狗的人面前，说，"朋友，您要
打这狗吗？"他说，"是的。"我说，"那您可冤枉了它了，
这尿是我撒的。"他就干脆把我打一顿赶了出来。天下有几
个主人肯为他的仆人受这样的委屈？我可以对天发誓，我
曾经因为它偷了人家的香肠而给人铐住了手脚，否则它早
就一命呜呼了；我也曾因为它咬死了人家的鹅而颈上套枷，
否则它也逃不了一顿打。你现在可全不记得这种事情了。

维洛那二绅士

嘿，我还记得在我向西尔维娅小姐告别的时候，你闹了怎样一场笑话。我不是关照过你，瞧我怎么做你也怎么做吗？你几时看见过我跷起一条腿来，当着一位小姐的裙边撒尿？你看见过我闹过这种笑话吗？

普洛丢斯及朱利娅男装上。

普洛丢斯　你的名字叫西巴斯辛吗？我很喜欢你，就要差你做一件事情。

朱利娅　请您吩咐下来吧，我愿意尽力去做。

普洛丢斯　那很好。（向朗斯）喂，你这蠢才！这两天你究竟浪荡在什么地方？

朗斯　呃，少爷，我是照您的话给西尔维娅小姐送狗去的。

普洛丢斯　她看见我的小宝贝说些什么话？

朗斯　呃，她说，您的狗是一条恶狗；她叫我对您说，您这样的礼物她是不敢领教的。

普洛丢斯　她不接受我的狗吗？

朗斯　不，她不受；现在我把它带回来了。

普洛丢斯　什么！你给我把这畜生送给她吗？

朗斯　是的，少爷；那头小松鼠儿在市场上给那些不得好死的偷去了，所以我才把我自己的狗送去给她。这条狗比您的狗大十倍，这礼物的价值当然也要高得多了。

普洛丢斯　快给我去把我的狗找回来；要是找不回来，不用再回来见我了。快滚！你要我见着你生气吗？这奴才老是替我丢尽了脸。（朗斯下）西巴斯辛，我所以收容你的缘故，一半是因为我需要像你这样一个孩子给我做些事情，不像那个蠢汉一样靠不住；可是大半还是因为我从你的容貌行为上，知道你是一个受过良好教养、诚实可靠的人。所以记着吧，我是为了这个才收容你的。现在你就给我去把这戒指送给西尔维娅小姐，它本来是一个爱我的人送给我的。

朱利娅　大概您已经不爱她了吧，所以把她的纪念物送给别人？是不是她已经死了？

普洛丢斯　不，我想她还活着。

朱利娅　唉！

普洛丢斯　你为什么叹气？

朱利娅　我禁不住可怜她。

普洛丢斯　你为什么可怜她？

朱利娅　因为我想她爱您就像您爱您的西尔维娅小姐一样。她梦寐怀念着一个忘记了她的爱情的男人；您痴心热恋着一个不愿接受您的爱情的女子。恋爱是这样的参差颠倒，想起来真是可叹！

普洛丢斯　好，好，你把这戒指和这封信送去给她；那就是她住的房间。对那位小姐说，我要向她索讨她所答应给我的她那幅天仙似的画像。办好了差使以后，你就赶快回来，你会看见我一个人在房里伤心。（下。）

朱利娅　有几个女人愿意干这样一件差使？唉，可怜的普洛丢斯！你找了一头狐狸来替你牧羊了。唉，我才是个傻子！他那样厌弃我，我为什么要可怜他？他因为爱她，所以厌弃我；我因为爱他，所以不能不可怜他。这戒指是我们分别的时候我要他永远记得我而送给他的；现在我这不幸的使者，却要替他求讨我所不愿意他得到的东西，转送我所不愿意送去的东西，称赞我所不愿意称赞的忠实。我真心爱着我的主人，可是我倘要尽忠于他，就只好不忠于自己。
没有办法，我只能为他前去求爱，可是我要把这事情干得
十分冷淡，天知道，我不愿他如愿以偿。

西尔维娅上，众女侍随上。

朱利娅　早安，小姐！有劳您带我去见一见西尔维娅小姐。

西尔维娅　假如我就是她，你有什么见教？

朱利娅　假如您就是她的话，那么我奉命而来，有几句话要奉渎
清听。

西尔维娅　奉谁的命而来？

朱利娅　我的主人普洛丢斯，小姐。

西尔维娅　噢，他叫你来拿一幅画像吗？

朱利娅　是的，小姐。

西尔维娅　欧苏拉，把我的画像拿来。（女侍取画像至）你把这拿
去给你的主人，请你再对他说，有一位被他朝三暮四的心所
忘却的朱利娅，是比这个画里的影子更值得晨昏供奉的。

朱利娅　小姐，请您读一读这封信。——不，请您原谅我，小姐，
是我大意送错了信了；这才是给您的信。

西尔维娅　请你让我再瞧瞧那一封。

朱利娅　这是不可以的，好小姐，原谅我吧。

西尔维娅　那么你拿去吧。我不要看你主人的信，我知道里面满
是些山盟海誓的话，他说过了就把它丢在脑后，正像我把
这纸头撕碎了一样不算一回事。

朱利娅　小姐，他叫我把这戒指送上。

西尔维娅　这尤其是他的不对；我曾经听他说起过上千次，这是
他的朱利娅在分别时候给他的。他的没有良心的指头虽然

已经玷污了这戒指，我可不愿对不起朱利娅而把它戴上。

朱利娅　她谢谢你。

西尔维娅　你说什么？

朱利娅　我谢谢您，小姐，因为您这样关心她。可怜的姑娘！我
　　的主人太对不起她了。

西尔维娅　你也认识她吗？

朱利娅　我熟悉她的为人，就像知道我自己一样。不瞒您说，我
　　因为想起她的不幸，曾经流过几百次的眼泪哩。

西尔维娅　她多半以为普洛丢斯已经抛弃她了吧。

朱利娅　我想她是这样想着，这也就是她所以悲伤的缘故。

西尔维娅　她长得好看吗？

朱利娅　小姐，她从前是比现在好看多了。当她以为我的主人很
　　爱她的时候，在我看来她是跟您一样美的；可是自从她无
　　心对镜、懒敷脂粉以后，她的颊上的蔷薇已经不禁风吹而
　　枯萎，她的百合花一样的肤色也已经憔悴下来，现在她是
　　跟我一样的黑丑了。

西尔维娅　她的身材怎样？

朱利娅　跟我差不多高；因为在一次五旬节串演各种戏剧的时候，
　　当地的青年要我扮做女人，把朱利娅小姐的衣服借给我穿
　　着，刚巧合着我的身材，大家说这身衣服就像是为我而裁
　　剪的，所以我知道她跟我差不多高。那时候我扮着阿里阿
　　德涅，悲痛着忒修斯的薄情遗弃；①我表演得那样凄惨逼

---

①五旬节（Pentecost），逾越节后第五十日，为庆祝收获之节日。
忒修斯是传说中之雅典英雄，为阿里阿德涅所恋；忒修斯得后者之助，
深入迷宫，杀死半牛半人之食人怪兽；惟其后卒将该女遗弃。

维洛那二绅士

真，使我那小姐忍不住频频拭泪。现在她自己被人这样对待，怎么不使我为她难过！

西尔维娅 她知道你这样同情她，一定很感激你的。唉，可怜的姑娘，被人这样抛弃不顾！听了你的话，我也要流起泪来了。孩子，为了你那好小姐的缘故，我给你这几个钱，因为你是爱她的。再见。

朱利娅 您要是认识她的话，她也会因为您的善心而感谢您的。（西尔维娅及侍从下）她是一位贤淑美丽的贵家女子。她这样关切着朱利娅，看来我的主人向她求爱是没有多大希望的。唉，爱情是多么善于愚弄它自己！这一幅是她的画像，让我瞻仰一番。我想，我要是也有这样一顶帽子，我这面庞和她的比起来也是一样可爱；可是画师似乎把她的美貌格外润色了几分，否则就是我自己太顾影自怜了。她的头发是赭色的，我的是纯粹的金黄；他如果就是为了这一点差别而爱她，那么我愿意装上一头假发。她的灰色的眼睛像水晶一样清澈，我的眼睛也是一样；可是我的额角比她的高些。爱神倘不是盲目的，那么我有哪一点赶不上她？把这影子卷起来吧，它是你的情敌呢。啊，你这无知无觉的形象！他将要崇拜你、爱慕你、吻你、抱你；倘使他的盲目的恋爱是有几分理性的话，他就应该爱我这血肉之身而忘记了你；可是因为她没有错待我，所以我也要爱惜你、珍重你；不然的话，我要发誓剜去你那双视而不见的眼睛，好让我的主人不再爱你。（下。）

第五幕

第一场　米兰。一寺院

爱格勒莫上。

爱格勒莫　太阳已经替西天镀上了金光，西尔维娅约我在伯特力克神父的修道院里会面的时候快要到了。她是不会失约的，因为在恋爱中的人们总是急于求成，只有提前早到，决不会误了钟点。瞧，她已经来啦。

西尔维娅上。

爱格勒莫　小姐，晚安！

西尔维娅　阿门，阿门！好爱格勒莫，快打寺院的后门出去，我怕有暗探在跟随着我。

爱格勒莫　别怕，离这儿不满十哩就是森林，只要我们能够到得那边，准可万无一失。（同下。）

第二场　同前。公爵府中一室

修里奥、普洛丢斯及朱利娅上。

修里奥　普洛丢斯，西尔维娅对于我的求婚作何表示？

普洛丢斯　啊，老兄，她的态度比原先软化得多了；可是她对于您的相貌还有几分不满。

修里奥　怎么！她嫌我的腿太长吗？

普洛丢斯　不，她嫌它太瘦小了。

修里奥　那么我就穿上一双长统靴子去，好叫它瞧上去粗一些。

朱利娅　（旁白）你可不能把爱情一靴尖踢到它所憎嫌的人的怀里啊！

修里奥　她怎样批评我的脸？

普洛丢斯　她说您有一张俊俏的小白脸。

修里奥　这丫头胡说八道，我的脸是又粗又黑的。

普洛丢斯　可是古话说，"粗黑的男子，是美人眼中的明珠。"

朱利娅　（旁白）不错，这种明珠会耀得美人们睁不开眼来，我见了他就宁愿闭上眼睛。

修里奥　她对于我的言辞谈吐觉得怎样？

普洛丢斯　当您讲到战争的时候，她是会觉得头痛的。

修里奥　那么当我讲到恋爱的时候，她是很喜欢的吗？

朱利娅　（旁白）你一声不响人家才更满意呢。

修里奥　她对于我的勇敢怎么说？

普洛丢斯　啊，那是她一点都不怀疑的。

朱利娅　（旁白）她不必怀疑，因为她早知道他是一个懦夫。

修里奥　她对于我的家世怎么说？

普洛丢斯　她说您系出名门。

朱利娅　（旁白）不错，他是个辱没祖先的不肖子孙。

修里奥　她看重我的财产吗？

普洛丢斯　啊，是的，她还觉得十分痛惜呢。

修里奥　为什么？

朱利娅　（旁白）因为偌大财产都落在一头蠢驴的手里。

普洛丢斯　因为它们都典给人家了。

朱利娅　公爵来了。

公爵上。

公爵　啊，普洛丢斯！修里奥！你们两人看见过爱格勒莫没有？

修里奥　没有。

普洛丢斯　我也没有。

公爵　你们看见我的女儿吗？

普洛丢斯　也没有。

公爵　啊呀，那么她已经私自出走，到凡伦丁那家伙那里去了，爱格勒莫一定是陪着她去的。一定是的，因为劳伦斯神父在林子里修行的时候，曾经看见他们两个人；爱格勒莫他是认识的，还有一个人他猜想是她，可是因为她假扮着，所以不能十分确定。而且她今晚本来要到伯特力克神父修道院里做忏悔礼拜，可是她却不在那里。这样看来，她的逃走是完全证实了。我请你们不要站在这儿多讲话，赶快备好马匹，咱们在通到曼多亚去的山麓高地上会面，他们一准是到曼多亚去的。赶快整装出发吧！（下。）

修里奥　真是一个不懂好歹的女孩子，叫她享福她偏不享。我要追他们去，叫爱格勒莫知道些厉害，却不是为了爱这个不知死活的西尔维娅。（下。）

普洛丢斯 我也要追上前去，为了西尔维娅的爱，却不是对那和她同走的爱格勒莫有什么仇恨。（下。）

朱利娅 我也要追上前去，阻碍普洛丢斯对她的爱情，却不是因为恼恨为爱而出走的西尔维娅。（下。）

第三场　曼多亚边境。森林

众盗挟西尔维娅上。

盗甲 来，来，不要急，我们要带你见寨主去。

西尔维娅 无数次不幸的遭遇，使我学会了如何忍耐今番这一次。

盗乙 来，把她带走。

盗甲 跟她在一起的那个绅士呢？

盗丙 他因为跑得快，给他逃掉了，可是摩瑟斯和伐勒律斯已经向前追去了。你带她到树林的西边尽头，我们的首领就在那里。我们再去追那逃走的家伙，四面包围得紧紧的，料他逃不出去。（除盗甲及西尔维娅外余人同下。）

盗甲 来，我带你到寨里去见寨主。别怕，他是个光明正大的汉子，不会欺侮女人的。

西尔维娅 凡伦丁啊！我是为了你才忍受这一切的。（同下。）

第四场　森林的另一部分

凡伦丁上。

凡伦丁　习惯是多么能够变化人的生活！在这座浓阴密布、人迹罕至的荒林里，我觉得要比人烟繁杂的市镇里舒服得多。我可以在这里一人独坐，和着夜莺的悲歌调子，泄吐我的怨恨忧伤。唉，我那心坎里的人儿呀，不要长久抛弃你的殿堂吧，否则它会荒芜而颓圮，不留下一点可以供人凭吊的痕迹！我这破碎的心，是要等着你来修补呢，西尔维娅！你温柔的女神，快来安慰你的寂寞孤零的恋人呀！（内喧嚷声）今天什么事这样吵吵闹闹的？这一班是我的弟兄们，他们不受法律的管束，现在不知又在追赶哪一个倒楣的旅客了。他们虽然厚爱我，可是我也费了不少气力，才叫他们不要作什么非礼的暴行。且慢，谁到这儿来啦？待我退后几步看个明白。

普洛丢斯、西尔维娅及朱利娅上。

普洛丢斯　小姐，您虽然看不起我，可是这次我是冒着生命的危险，把您从那个家伙手里救了出来，保全了您的清白。就凭着这一点微劳，请您向我霁颜一笑吧；我不能向您求讨一个比这更小的恩惠。我相信您也总不致拒绝我这一个最低限度的要求。

凡伦丁　（旁白）我眼前所见所闻的一切，多么像一场梦景！爱神哪，请你让我再忍耐一会儿吧！

西尔维娅　啊，我是多么倒楣，多么不幸！

普洛丢斯　在我没有到来之前，小姐，您是不幸的；可是因为我来得凑巧，现在不幸已经变成大幸了。

西尔维娅　因为你来了，所以我才更不幸。

朱利娅　（旁白）因为他找到了你，我才不幸呢。

西尔维娅　要是我给一头饿狮抓住，我也宁愿给它充作一顿早餐，不愿让薄情无义的普洛丢斯把我援救出险。啊，上天作证，我是多么爱凡伦丁，他的生命就是我的灵魂。正像我把他爱到极点一样，我也痛恨背盟无义的普洛丢斯到极点。快给我走吧，别再缠绕我了。

普洛丢斯　只要您肯温和地看我一眼，无论什么与死为邻的危险事情，我都愿意为您去做。唉，这是爱情的永久的咒诅，一片痴心难邀美人的眷顾！

西尔维娅　普洛丢斯不爱那爱他的人，怎么能叫他爱的人爱他？想想你从前深恋的朱利娅吧，为了她你曾经发过一千遍誓诉说你的忠心，现在这些誓言都变成了谎话，你又想把它们拿来骗我了。你简直是全无人心，不然就是有二心，这比全然没有更坏；一个人应该只有一颗心，不该朝三暮四。你这出卖真诚朋友的无耻之徒！

普洛丢斯　一个人为了爱情，怎么还能顾到朋友呢？

西尔维娅　只有普洛丢斯才是这样。

普洛丢斯　好，我的婉转哀求要是打不动您的心，那么我只好像一个军人一样，用武器来向您求爱，强迫您接受我的痴情了。

西尔维娅　天啊！

普洛丢斯　我要强迫你服从我。

凡伦丁 （上前）混账东西，不许无礼！你这冒牌的朋友！

普洛丢斯 凡伦丁！

凡伦丁 卑鄙奸诈、不忠不义的家伙，现今世上就多的是像你这样的朋友！你欺骗了我的一片真心；要不是我今天亲眼看见，我万万想不到你竟是这样一个人。现在我不敢再说我在世上有一个朋友了。要是一个人的心腹股肱都会背叛他，那么还有谁可以信托？普洛丢斯，我从此不再相信你了；茫茫人海之中，从此我只剩孑然一身。这种冷箭的创伤是最深的；自己的朋友竟会变成最坏的仇敌，世间还有比这更可痛心的事吗？

普洛丢斯 我的羞愧与罪恶使我说不出话来。饶恕我吧，凡伦丁！如果真心的悔恨可以赎取罪愆，那么请你原谅我这一次吧！我现在的痛苦决不下于我过去的罪恶。

凡伦丁 那就罢了，你既然真心悔过，我也就不再计较，仍旧把你当做一个朋友。能够忏悔的人，无论天上人间都可以不咎既往。上帝的愤怒也会因为忏悔而平息的。为了表示我对你的友情的坦率真挚起见，我愿意把我在西尔维娅心中的地位让给你。

朱利娅 我好苦啊！（晕倒。）

普洛丢斯 瞧这孩子怎么啦？

凡伦丁 喂，孩子！喂，小鬼！啊，怎么一回事？醒过来！你说话呀！

朱利娅 啊，好先生，我的主人叫我把一个戒指送给西尔维娅小姐，可是我粗心把它忘了。

普洛丢斯 那戒指呢，孩子？

朱利娅　在这儿，这就是。（以戒指交普洛丢斯。）

普洛丢斯　啊，让我看。咦，这是我给朱利娅的戒指呀。

朱利娅　啊，请您原谅，我弄错了；这才是您送给西尔维娅的戒指。（取出另一戒指。）

普洛丢斯　可是这一个戒指是我在动身的时候送给朱利娅的，现在怎么会到你的手里？

朱利娅　朱利娅自己把它给我，而且她自己把它带到这儿来了。

普洛丢斯　怎么！朱利娅！

朱利娅　曾经听过你无数假誓、从心底里相信你不会骗她的朱利娅就在这里，请你瞧个明白吧！普洛丢斯啊，你看见我这样装束，也该脸红了吧！我的衣著是这样不成体统，如果为了爱而伪装是可羞的事，你的确应该害羞！可是比起男人的变换心肠来，女人的变换装束是不算一回事的。

普洛丢斯　比起男人的变换心肠来！不错，天啊！男人要是始终如一，他就是个完人；因为他有了这一个错处，便使他无往而不错，犯下了各种的罪恶。变换的心肠总是不能维持好久的。我要是心情忠贞，那么西尔维娅的脸上有哪一点不可以在朱利娅脸上同样找到，而且还要更加鲜润！

凡伦丁　来，来，让我给你们握手，从此破镜重圆，把旧时的恩怨一笔勾销吧。

普洛丢斯　上天为我作证，我的心愿已经永远得到满足。

朱利娅　我也别无他求。

众盗拥公爵及修里奥上。

众盗　发了利市了！发了利市了！

凡伦丁　弟兄们不得无礼！这位是公爵殿下。殿下，小人是被放逐的凡伦丁，在此恭迎大驾。

公爵 凡伦丁！

修里奥 那边是西尔维娅；她是我的。

凡伦丁 修里奥，放手，否则我马上叫你死。不要惹我发火，要是你再说一声西尔维娅是你的，你就休想回到维洛那去。她现在站在这儿，你倘敢碰她一碰，或者向我的爱人吹一口气的话，就叫你尝尝厉害。

修里奥 凡伦丁，我不要她，我不要。谁要是愿意为一个不爱他的女人而去冒生命的危险，那才是一个大傻瓜哩。我不要她，她就算是你的吧。

公爵 你这卑鄙无耻的小人！从前那样向她苦苦追求，现在却这样把她轻轻放手。凡伦丁，凭我的门阀起誓，我很佩服你的大胆，你是值得一个女皇的眷宠的。现在我愿忘记以前的怨恨，准你回到米兰去，为了你的无比的才德，我要特别加惠于你；另外，我还要添上这么一条：凡伦丁，你是个出身良好的上等人，西尔维娅是属于你的了，因为你已经可以受之而无愧。

凡伦丁 谢谢殿下，这样的恩赐，使我喜出望外。现在我还要请求殿下看在令嫒的面上，答应我一个要求。

公爵 无论什么要求，我都可以看在你的面上答应你。

凡伦丁 这一班跟我在一起的被放逐之人，他们都有很好的品性，请您宽恕他们在这儿所干的一切，让他们各回家乡。他们都是真心悔过、温和良善、可以干些大事业的人。

公爵 准你所请，我赦免了他们，也赦免了你。你就照他们各人的才能安置他们吧。来，我们走吧，我们要结束一切不和，

维洛那二绅士

摆出盛大的仪式，欢欢喜喜地回家。

凡伦丁　我们一路走着的时候，我还要大胆向殿下说一个笑话。您看这个童儿好不好？

公爵　这孩子倒是很清秀文雅的，他在脸红呢。

凡伦丁　殿下，他清秀是很清秀的，文雅也很文雅，可是他却不是个童儿。

公爵　你这话是什么意思？

凡伦丁　请您许我在路上告诉您这一切奇怪的遭遇吧。来，普洛丢斯，我们要讲到你的恋爱故事，让你听着难过难过；之后，我们的婚期也就是你们的婚期，大家在一块儿欢宴，一块儿居住，一块儿过着快乐的日子。（同下。）

错误的喜剧

剧中人物

索列纳斯　以弗所公爵

伊勤　叙拉古商人

大安提福勒斯 ⎫
小安提福勒斯 ⎭ 伊勤及爱米利娅的孪生子

大德洛米奥 ⎫
小德洛米奥 ⎭ 侍奉安提福勒斯兄弟的孪生兄弟

鲍尔萨泽　商人

安哲鲁　金匠

商人甲　大安提福勒斯的朋友

商人乙　安哲鲁的债主

品契　教师兼巫士

爱米利娅　伊勤的妻子，以弗所尼庵中住持

阿德里安娜　小安提福勒斯的妻子

露西安娜　阿德里安娜的妹妹

露丝　阿德里安娜的女仆

妓女

狱卒、差役及其他侍从等

地　点

以弗所

第一幕

第一场　公爵宫廷中的厅堂

公爵、伊勤、狱卒、差役及其他侍从等上。

伊勤　索列纳斯，快给我下死刑的宣告，好让我一死之后，解脱一切烦恼！

公爵　叙拉古的商人，你也不用多说。我没有力量变更我们的法律。最近你们的公爵对于我们这里去的规规矩矩的商民百般仇视，因为他们缴不出赎命的钱，就把他们滥加杀戮；这种残酷暴戾的敌对行为，已经使我们无法容忍下去。本来自从你们为非作乱的邦人和我们发生嫌隙以来，你我两邦已经各自制定庄严的法律，禁止两邦人民之间的一切来往；法律还规定，只要是以弗所人在叙拉古的市场上出现，或者叙拉古人涉足到以弗所的港口，这个人就要被处死，

错误的喜剧

他的钱财货物就要被全部没收，悉听该地公爵的处分，除非他能够缴纳一千个马克，才能赎命。你的财物估计起来，最多也不过一百个马克，所以按照法律，必须把你处死。

伊勤 等你一声令下，我就含笑上刑场，从此恨散愁消，随着西逝的残阳！

公爵 好，叙拉古人，你且把你离乡背井，到以弗所来的原因简单告诉我们。

伊勤 要我说出我难言的哀痛，那真是一个最大的难题；可是为了让世人知道我的死完全是天意，不是因为犯下了什么罪恶，我就忍住悲伤，把我的身世说一说吧。我生长在叙拉古，在那边娶了一个妻子，若不是因为我，她本可以十分快乐，我原来也能使她快乐，只可惜命途多蹇。当初我们两口子相亲相爱，安享着人世的幸福；我常常到埃必丹农做买卖，每次都可以赚不少钱，所以家道很是丰裕；可是后来，我在埃必丹农的代理人突然死了，我在那边的许多货物没人照管，所以不得不离开妻子的温柔怀抱，前去主持一切。我的妻子在我离家后不到六个月，就摒挡行装，赶到了我的身边；那时她已有孕在身，不久就做了两个可爱的孩子的母亲。说来奇怪，这两个孩子生得一模一样，全然分别不出来。就在他们诞生的时辰，在同一家客店里有一个穷人家的妇女也产下了两个面貌相同的双生子，我看见他们贫苦无依，就出钱买下了孩子，把他们抚养大，侍候我的两个儿子。我的妻子生下了这么两个孩子，把他们宠爱异常，每天催促我早作归乡之计，我虽然不大愿意，终于答应了她。唉！我们上船的日子，选得太不凑巧了！

船离开埃必丹农三哩，海面上还是波平浪静，一点看不出将有风暴的征象；可是后来天色越变越恶，使我们的希望完全消失，天上偶然透露的微弱光芒照在我们惴惴不安的心中，似乎只告诉我们死亡已经迫在眼前。我自己虽然并不怕死，可是我的妻子因为害怕不可免的厄运在不断哭泣，还有我那两个可爱的孩子虽然不知道他们将会遭到些什么，却也跟着母亲放声号哭，我见了这一种凄惨的情形，便不能不设法保全他们和我自己的生命。那时候船上的水手们都已经跳下小船，各自逃生去了，只剩下我们几个人在这艘快要沉没的大船上；我们没有别的办法，只好效法航海的人们遇到风暴时的榜样，我的妻子因为更疼她的小儿子，就把他缚在一根小的桅杆上，又把另外那一对双生子中的一个也缚在一起，我也把大的那一个照样缚好了，然后我们夫妻两人各自把自己缚在桅杆的另外一头，每人照顾着一对孩子，此后就让我们的船随波漂流，向着我们认为是科林多的方向顺流而去。后来太阳出来了，把我们眼前的阴霾暗雾扫荡一空，海面也渐渐平静下来，我们方才望见远处有两艘船向着我们开来，一艘是从科林多来的，一艘是从埃必道勒斯来的；可是它们还没有行近——啊，我说不下去了，以后的事情，你们自己去猜度吧！

公爵 不，说下去，老人家，不要打断话头。我们虽然不能赦免你，却可以怜悯你。

伊勤 啊！天神们要是能够在那时可怜我，那么我现在也不会怨恨他们的不仁了！我们的船和来船相距还有三十哩的时候，我们却在中途遇着了一座巨大的礁石，迎面一撞，就

错误的喜剧

把船撞碎了，我们夫妻和孩子们，都被无情地冲散；命运是这样的安排着，使我们各人留下一半的慰藉，哀悼那失去了的另外一半。我那可怜的妻子因为她的一根桅杆尽管负荷着同等的痛苦，但是重量较轻，被风很快地吹往远处去，我望见她们三人大概是被科林多的渔夫们救起来了。后来另外一艘船把我们救起，他们知道了他们所救起的是些什么人之后，招待我们十分殷勤，他们原来还打算赶上渔船把我的爱妻和娇儿夺回，只可惜他们的船只航行太慢，因此最后只好掉转船头驶回家去。这就是我怎样被幸福所遗弃的经过，留下我这苦命的一身，来向人诉说我自己悲惨的故事。

公爵　看在你所悲痛怀念的人们分上，请你把你儿子们和你自己此后的经历详细告诉我吧。

伊勤　我的大儿子[①]在十八岁时就向我不断探询他母弟的下落，要求我准许他带着他的童仆出去寻找，那童仆也和他一样有一个不知踪迹的同名的兄弟。我因为思念存亡未卜的妻儿，就让我这唯一的爱子远离膝下，到如今也不知他究竟在哪处存身。五年以来，我走遍希腊，直达亚洲的边界，到处搜寻他们，虽然明知无望，也不愿漏过一处有人烟的地方。这次买棹归来，才到了以弗所的境内；可是我的一生将在这里告一段落，要是我这迢迢万里的奔波能够向我保证他们尚在人间，我也就死而无怨了。

---

　　①原文此处作"小儿子"，惟上文云："我的妻子因为更疼爱她的小儿子，"则小儿子应当和他母亲在一起。

公爵 不幸的伊勤，命运注定了你，使你遭受人间最大的惨痛！相信我，倘不是因为我们的法律不可破坏，我自己的地位和誓言不可逾越，我一定会代你申辩无罪。现在你已经被判死刑，我也无法收回成命，可是我愿意尽我的力量帮助你；所以，商人，我限你在今天设法找寻可以援救你的人，替你赎回生命。你要是在以弗所有什么亲友，不妨一个个去恳求他们，乞讨也好，借贷也好，凑足限定的数目，就可以放你活着回去；要是筹不到这一笔款子，那就只好把你处死。狱卒，把他带下去看守起来。

狱卒 是，殿下。

伊勤 纵使把这残生多留下几个时辰，这茫茫人海，何处有赎命的恩人！（同下。）

第二场 市 场

大安提福勒斯、大德洛米奥及商人甲上。

商人甲 所以你应当向人说你是从埃必丹农来的，免得你的货物给他们没收。就在今天，有一个叙拉古商人因为犯法入境，已经被捕了；他缴不出赎命的钱来，依照本地的法律，必须把他在太阳西落以前处死。这是你托我保管的钱。

大安提福勒斯 德洛米奥，你把这钱拿去放在我们所停留的马人旅店里，你就在那里等我回来，不要走开。现在离开吃饭的时候不到一个钟头，让我先在街上溜跶溜跶，观光观光这儿的市面，然后回到旅店里睡觉，因为赶了这么多的路，

错误的喜剧

我已经十分疲乏了。你走吧。

大德洛米奥　要是别人，他们一定巴不得你说这句话呢！口袋里揣着这么多钱，他们准愿意一走了之。（下。）

大安提福勒斯　这小厮做事还老实，我有时心里抑郁不乐，他也会常常说些笑话来给我解闷。你愿意陪着我一起走走，然后一同到我的旅店里吃饭吗？

商人甲　请你原谅，有几个商人邀我到他们那里去，我还希望跟他们作成些交易，所以不能奉陪了。五点钟的时候，请你到市场上来会我，我可以陪着你一直到晚上。现在我可要走了。

大安提福勒斯　那么等会儿再见吧，我就到市上去随便走走。

商人甲　希望你玩个畅快。（下。）

大安提福勒斯　他叫我玩个畅快，我心里可永不会有畅快的一天。我像一滴水一样来到这人世，要在浩渺的大海里找寻自己的同伴，结果未能如愿，到处扑空，连自己也迷失了方向；我为了找寻母亲和兄弟到处漂流，不知哪一天才会重返家园。

　　　　　　小德洛米奥上。

大安提福勒斯　这不是那个生辰八字和我完全一样的家伙吗？怎么？你怎么这么快又回来了？

小德洛米奥　这么快回来！我已经来得太迟了！鸡也烧焦了，肉也炙枯了，钟已经敲了十二点，我的脸已经给太太打过。她大发脾气，因为肉冷了；肉冷因为您不回家；您不回家因为您肚子不饿；您肚子不饿因为您已经用过点心，可是我们却像悔罪的人一样为了您而挨饿祈祷。

大安提福勒斯 别胡说了，我问你，我给你的钱你拿去放在什么地方了？

小德洛米奥 啊，那六便士吗？我在上星期三就拿去给太太买缰绳了。钱在马鞍店里，我没有留着。

大安提福勒斯 我没有心思跟你开玩笑。干脆回答我，钱在哪里？异乡客地，你怎么敢把这么多的钱随便丢下？

小德洛米奥 大爷，您倘要说笑话，请您留着在吃饭的时候说吧。太太叫我来请您火速回去，您要是不回去，我的脑壳子又该晦气啦。我希望您的肚子也像我一样，可以代替时钟，到了时候会叫起来，那时不用叫您，您也会自己回来了。

大安提福勒斯 算了吧，德洛米奥，现在不是说笑话的时候；把这些话留给今后更开心的场合吧。我给你看管的钱呢？

小德洛米奥 您给我看管的钱吗？大爷，您几时给我什么钱？

大安提福勒斯 狗才，别装傻了，究竟你把我的钱拿去干什么了？

小德洛米奥 大爷，我只知道奉命到市场上来请您回店吃饭，太太和姑太太都在等着您。

大安提福勒斯 老老实实回答我，你把钱放在什么地方了？再不说出来，我就捶碎你的脑壳；谁叫你在我无心斗嘴的时候跟我要贫？你从我手里拿去的一千个马克呢？

小德洛米奥 您在我头上凿过几拳，太太在我肩上捶过几拳，除此之外，你们谁也不曾给过我半个铜钱。我要是把您给我的赏赐照样奉还，恐怕您就不会像这样默然忍受了。

大安提福勒斯 太太！你有什么太太！

小德洛米奥 就是您大爷的夫人，也就是凤凰商店的女老板；她

错误的喜剧

为了等您回去吃饭，到现在还没有吃过东西哩。请您赶快
回去吧。

大安提福勒斯　啊！说过不许你胡闹，你还敢当着我这样放肆无
礼吗？我打你这狗头！（打小德洛米奥。）

小德洛米奥　大爷，您这是什么意思？看在上帝的面上，请您收
回尊手，否则我可要拔起贱腿逃了。（下。）

大安提福勒斯　这狗才一定上了人家的当，把我的钱全给丢了。
他们说这地方有很多骗子，有的会玩弄遮眼的戏法，有的
会用妖法迷惑人心，有的会用符咒伤害人的身体，还有各
式各种化装的骗子，口若悬河的江湖术士，到处设下了陷
阱。倘然果有此事，我还是赶快离开的好。我要到马人旅
店去追问这奴才，我的钱恐怕已经不保了。（下。）

第二幕

第一场　小安提福勒斯家中

阿德里安娜及露西安娜上。

阿德里安娜　我的丈夫到现在还没有回来，叫那奴才去找他，也
　　　　不知找到什么地方去了。露西安娜，现在已经两点钟啦！

露西安娜　他也许在市场上遇到什么商人，被请到什么地方吃饭
　　　　去了。好姊姊，咱们吃饭吧，你也别生气啦。男人是有他
　　　　们的自由的，他们只受着时间的支配；一到时间，他们就
　　　　会来的。姊姊，你耐点儿心吧。

阿德里安娜　为什么他们的自由要比我们多？

露西安娜　因为男人家总是要在外面奔波。

阿德里安娜　我倘这样对待他，他定会大不高兴。

露西安娜　做妻子的立该服从丈夫的命令。

阿德里安娜　人不是驴子，谁甘心听人家使唤？

露西安娜　桀骜不驯的结果一定十分悲惨。

　　　　　　你看地面上，海洋里，广漠的空中，

　　　　　　哪一样东西能够不受羁束牢笼？

　　　　　　是走兽，是游鱼，是生翅膀的飞鸟，

　　　　　　只见雌的低头，哪里有雄的伏小？

　　　　　　人类是控制陆地和海洋的主人，

　　　　　　天赋的智慧胜过一切走兽飞禽，

　　　　　　女人必须服从男人是天经地义，

　　　　　　你应该温恭谦顺侍候他的旨意。

阿德里安娜　正因为怕这种服从，你才不结婚。

露西安娜　不是怕这个，而是怕其他的纠纷。

阿德里安娜　你若是出嫁了，准也想当家作主。

露西安娜　我未解风情，先要学习出嫁从夫。

阿德里安娜　你丈夫要是变了心把别人眷爱？

露西安娜　他会回心转意，我只有安心忍耐。

阿德里安娜　真好的性子！可也难怪她这么说，

　　　　　　没碰见倒霉事，谁都会心平气和。

　　　　　　听见别的苦命人在恶运折磨下，

　　　　　　哀痛地呼喊，我们说："算了，静些吧！"

　　　　　　但是轮到我们遭受同样的欺凌，

　　　　　　我们的呼天抢地准比他们更凶；

　　　　　　你可没有狠心的丈夫把你虐待，

　　　　　　你以为什么事都可以安心忍耐，

　　　　　　倘有一天人家篡夺了你的权利，

看你耐不耐得住你心头的怨气？

露西安娜　好，等我嫁了人以后试试看吧。你丈夫的跟班来了，他大概也就来了。

　　　　小德洛米奥上。

阿德里安娜　你那位大爷可真有一手，这么慢腾腾地。这回他该回来了吧？

小德洛米奥　什么有一手？他的两手都有劲着呢，这点我的两只耳朵可以作证。

阿德里安娜　你对他说过什么话没有？你知道他的心思吗？

小德洛米奥　是，是，他把他的心思告诉我的耳朵了，我的耳朵现在还热辣辣的呢。我真不懂他的意思。

露西安娜　他说得不大清楚，所以你听不懂吗？

小德洛米奥　不，他打了我一记清脆的耳刮子，我懂是不懂，痛倒很痛。

阿德里安娜　可是他是不是就要回家了？他真是一个体贴妻子的好丈夫！

小德洛米奥　嗳哟，太太，我的大爷准是得犄角疯了。

阿德里安娜　狗才，什么话！

小德洛米奥　不是犄角疯，我是说他准得了羊角疯了。我请他回家吃饭，他却向我要一千个金马克。我说，"现在是吃饭的时候了；"他说，"我的钱呢？"我说，"肉已经烧熟了；"他说，"我的钱呢？"我说，"请您回家去吧；"他说，"我的钱呢？狗才，我给你的那一千个金马克呢？"我说，"猪肉已经烤熟了；"他说，"我的钱呢？"我说，"大爷，太太叫您回去；"他说，"去你妈的太太！什么太

错误的喜剧

太！我不认识你的太太！"

露西安娜 　这话是谁说的？

小德洛米奥 　大爷说的。他说，"我不知道什么家，什么妻子，什么太太。"所以我就谢谢他，把他的答复搁在肩膀上回来了，因为他的拳头就落在我的肩膀上。

阿德里安娜 　不中用的狗才，再给我出去把他叫回来。

小德洛米奥 　再出去找他，再让他把我打回来吗？看在上帝的面上，请您另请高明吧！

阿德里安娜 　狗才！不去，我就打破你的头。

小德洛米奥 　他再加上一拳，我准得头破血流。凭你们两人一整治，我脑袋就该成为破锣了。

阿德里安娜 　快去，只晓得唠叨的下流坏！把你主人找回来！

小德洛米奥 　难道我就是个圆圆的皮球，给你们踢来踢去吗？你把我一脚踢出去，他把我一脚踢回来，你们要我这皮球不破，还得替我补上一块厚厚的皮哩。（下。）

露西安娜 　嗳哟，瞧你满脸的怒气！

阿德里安娜 　他和那些娼妇贱婢们朝朝厮伴，

我在家里盼不到他的笑脸相看。

难道逝水年华消褪了我的颜色？

有限的青春是他亲手把我摧折。

难道他嫌我语言无味心思愚蠢？

是他冷酷的无情把我聪明磨损。

难道浓装艳抹勾去了他的灵魂？

谁教他不给我裁剪入时的衣裙？

我这憔悴朱颜虽然逗不起怜惜，

剩粉残脂都留着他薄情的痕迹。

只要他投掷我一瞥和煦的春光，

这朵枯萎的花儿也会重吐芬芳；

可是他是一头不受羁束的野鹿，

他爱露餐野宿，怎念我伤心孤独！

露西安娜　姊姊，你何必如此，妒嫉徒然自苦！

阿德里安娜　人非木石，谁能忍受这样的欺侮？

我知道他一定爱上了浪柳淫花，

贪恋着温柔滋味才会忘记回家。

他曾经答应我打一条项链相赠，

看他对床头人说话有没有定准！

涂上釉彩的宝石容易丢去光润，

最好的黄金经不起人手的摩损，

尽管他是名誉良好的端人正士，

一朝堕落了也照样会不知羞耻。

我这可憎容貌既然难邀他爱顾，

我要悲悼我的残春哭泣着死去。

露西安娜　真有痴心人情愿作妒嫉的俘虏！（同下。）

第二场　广场

大安提福勒斯上。

大安提福勒斯　我给德洛米奥的钱都好好地在马人旅店里，那谨慎的奴才出去找我去了。听店主所说的，再按时间一计算，我从市场上把德洛米奥打发走之后，仿佛没有可能再碰见他。瞧，他又来了。

　　　　　大德洛米奥上。

大安提福勒斯　喂，老兄，你要贫的脾气改变了没有？要是你还想挨打，不妨再跟我开开玩笑。你不知道哪一家马人旅店？你没有收到什么钱？你家太太叫你请我回去吃饭？我家里开着一个什么凤凰商店？你刚才对我说了这许多疯话，你是不是疯了？

大德洛米奥　我说了什么话，大爷？我几时说过这样的话？

大安提福勒斯　就在刚才，就在这里，不到半点钟以前。

大德洛米奥　您把钱交给我，叫我回到马人旅店去了以后，我没有见过您呀。

大安提福勒斯　狗才，你刚才说我不曾交给你钱，还说什么太太哩，吃饭哩；你现在大概知道我在生气了吧？

大德洛米奥　我很高兴看见您这样爱开玩笑，可是这笑话是什么意思？大爷，请您告诉我吧。

大安提福勒斯　啊，你还要假作痴呆，当着我的面放肆吗？你以为我是在跟你说笑话吗？我就打你！（打大德洛米奥。）

大德洛米奥　慢着，大爷，看在上帝的面上！您现在把说笑话认真起来了。我究竟做错了什么事您要打我？

大安提福勒斯　我因为常常和你不拘名分，说说笑笑，你就这样大胆起来，人家有正事的时候你也敢捣鬼。无知的蚊蚋尽管在阳光的照耀下飞翔游戏，一到日没西山也会钻进它们的墙隙木缝。你要开玩笑就得留心我的脸色，看我有没有那样兴致。你要是还不明白，让我把这一种规矩打进你的脑壳里去。

大德洛米奥 您管它叫脑壳吗？请您还是免动尊手吧，我要个脑袋就够了；要是您不停手地打下去，我倒真得找个壳来套在脑袋上才行；不然，脑袋全打烂了，只有把思想装在肩膀里了。可是请问大爷，我究竟为什么挨打？

大安提福勒斯 你不知道吗？

大德洛米奥 不知道，大爷，我只知道我挨打了。

大安提福勒斯 要我讲讲道理吗？

大德洛米奥 是，大爷，还有缘由；因为俗话说得好，有道理必有缘由。

大安提福勒斯 先说道理——你敢对我顶撞放肆；再说缘由——你第二次见了我还要随口胡说。

大德洛米奥 真倒霉，白白地挨了这一顿拳脚，道理和缘由却仍然是莫名其妙。好了，谢谢大爷。

大安提福勒斯 谢谢我，老兄，谢我什么？

大德洛米奥 因为我无功受赏，所以要谢谢您。

大安提福勒斯 好，以后你作事有功，我也不赏你，那就可以拉平了。现在到吃饭的时候没有？

大德洛来奥 没有。我看肉里还缺点作料。

大安提福勒斯 真的吗？缺什么？

大德洛米奥 青椒。

大安提福勒斯 再加青椒，肉也要焦了。

大德洛米奥 要是焦了，大爷，请您还是别吃吧。

大安提福勒斯 为什么？

大德洛米奥 您要是吃了，少不得又要心焦，结果我又得领略一

错误的喜剧

顿好打。

大安提福勒斯 算了，你以后说笑话也得看准时候；不管作什么都应该有一定的时间。

大德洛米奥 要不是您刚才那么冒火，对您的这句话我可要大胆地表示异议。

大安提福勒斯 有什么根据吗，老兄？

大德洛米奥 当然有，大爷；我的根据就和时间老人的秃脑袋一样，是颠扑不破的。

大安提福勒斯 说给我听听。

大德洛米奥 一个生来秃顶的人要想收回他的头发，就没有时间。

大安提福勒斯 他难道不能用赔款的方法收回吗？

大德洛米奥 那倒可以，赔款买一套假发；可是收回的却是别人的毛。

大安提福勒斯 时间老人为什么对毛发这样吝啬？它不是长得很多很快吗？

大德洛米奥 因为他把毛发大量施舍给畜生了；可是他虽然给人毛发不多，却叫人脑筋更聪明，这也足以抵偿了。

大安提福勒斯 不然，也有许多人毛发虽多，脑筋却很少。

大德洛米奥 不管怎么少，也足够染上花柳病，把毛发丢光。

大安提福勒斯 照你这一说，头发多的人就都是傻瓜了。

大德洛米奥 越傻，丢得越快；可是不要头发的人也有他的一套打算。

大安提福勒斯 有什么理由？

大德洛米奥 有两个理由，而且是顶呱呱的理由。

大安提福勒斯 咳，别提顶呱呱了。

大德洛米奥　那么就叫它们可靠的理由吧。

大安提福勒斯　丢都丢完了，还讲什么可靠。

大德洛米奥　可信的理由吧，这总成了。

大安提福勒斯　你说给我听听。

大德洛米奥　第一：头发少了，免得花钱修饰；第二：吃起饭来，不会一根一根地往粥碗里掉。

大安提福勒斯　说了半天，你是想证明并非作什么事都要有一定的时间。

大德洛米奥　不错，这不是证明了吗？生来把头发丢掉的人是没有时间收回的。

大安提福勒斯　可是你的理由不够充分，不能说明为什么没有时间收回。

大德洛米奥　且听我的解释，你就明白了：时间老人自己是个秃顶，所以直到世界末日也会有大群秃顶的徒子徒孙。

大安提福勒斯　我早就知道你的理由也是光秃秃的。且慢，谁在那边朝我们招手？

　　　　　　　阿德里安娜及露西安娜上。

阿德里安娜　好，好，安提福勒斯，你尽管皱着眉头，假装不认识我吧；你是要在你相好的面前，才会满面春风的；我不是阿德里安娜，也不是你的妻子。想起从前的时候，你会自动向我发誓，说只有我说的话才是你耳中的音乐，只有我才是你眼中最可爱的事物，只有我握着你的手你才感到快慰，只有我亲手刻下的肉你才感到可口。啊，我的夫，你现在怎么这样神不守舍，忘记了你自己？我们两人已结合一体，不可分离，你这样把我遗弃不顾，就是遗弃了你自己。啊，我的爱人，不要离开我！你把一滴水洒下了海洋里，若想把它原样收回，不多不少，是办不到的，因为它已经和其余的水混合在一起，再也分别不出来；我们两人也是这样，你怎么能硬把你我分开，而不把我的一部分也带了去呢？要是你听见我有了不端的行为，我这奉献给你的身子，已经给淫邪所玷污，那时你将要如何气愤！你不会唾骂我，羞辱我，不认我是你的妻子，剥下我那副娼妇的污秽的面皮，从我不贞的手指上夺下我们结婚的指环，把它剁得粉碎吗？我知道你会这样做的，那么请你就这样做吧，因为我的身体里已经留下了淫邪的污点，我的血液里已经混合着奸情的罪恶，我们两人既然是一体，那么你的罪恶难道不会传染到我的身上？既然这样，你就该守身如玉，才可保全你的名誉和我的清白。

大安提福勒斯 您是在对我说这些话吗，嫂子？我不认识您；我到以弗所来不过两个钟点，对这个城市完全陌生，对您的话也莫名其妙；虽然您说的每一个字我都反复思索，可是仍然听不出一点道理来。

露西安娜 嗳哟，姊夫，您怎么完全变了一个人呢？您几时这样对待过我的姊姊？她刚才叫德洛米奥来请您回家吃饭。

大安提福勒斯 叫德洛米奥请我？

大德洛米奥 叫我请他？

阿德里安娜 叫你请他，你回来却说他打了你，还说他不知道有什么家、什么妻子。

大安提福勒斯 你曾经和这位太太讲过话吗？你们谈些什么？

大德洛米奥 我吗，大爷？我从来不曾见过她。

大安提福勒斯 狗才，你说谎！你在市场上对我说的话，正跟她说的一样。

大德洛米奥 我从来不曾跟她说过一句话。

大安提福勒斯 那么她怎么会叫得出我们的名字？难道她有未卜先知的本领吗？

阿德里安娜 你们主仆俩一唱一和装傻弄诈，

多么不相称你高贵尊严的身价！

就算我有了错处你才把我回避，

也该宽假三分，给我自新的机会。

来，我要拉住你的衣袖紧紧偎倚，

你是参天的松柏，我是藤萝纤细，

藤萝托体松柏，信赖他枝干坚强，

莫让野蔓闲苔偷取你雨露阳光！

大安提福勒斯 她这样向我婉转哀求，字字辛酸，

莫不是我在梦中和她缔下姻缘？

难道我听错了，还是我昏睡未醒？

难道我的眼睛耳朵都有了毛病？

我且将错就错，顺从着她的心意，

把这现成的丈夫名义权时顶替。

露西安娜 德洛米奥，你去叫仆人们把饭预备好了。

大德洛米奥 嗳哟，上帝饶恕我这罪人！（以手划十字）这儿是妖精住的地方，我们在和些山精木魅们说话，要是不服从她们，她们就要吮吸我们的血液，或者把我们身上拧得一块青一块紫的。

露西安娜 叫你不答应，却在那边唠叨些什么？德洛米奥，你这

错误的喜剧

蜗牛、懒虫！

大德洛米奥　大爷，我已经变了样子吗？

大安提福勒斯　我想我们的头脑都有些变了样子了。

大德洛米奥　不，大爷，不但是头脑，连外表也变了样了。

大安提福勒斯　你还是你原来的样子。

大德洛米奥　不，我已经变成了一头猴子。

露西安娜　你要是变起来，只好变成一头驴子。

大德洛米奥　不错，她骑在我身上，我一心想吃草。我是驴子，否则她怎么认识我，我却不认识她。

阿德里安娜　来，来，你们主仆两人看见我伤心，还把我这样任情取笑，我不愿再像一个傻子一样自寻烦恼地哭泣了。来，大家吃饭去吧！德洛米奥，好好看守着门。丈夫，我今天要在楼上陪着你吃饭，听你忏悔你种种对不起人的地方。德洛米奥，要是有人来看大爷，就说他在外面吃饭，什么人都不要让他进来。来，妹妹。德洛米奥，当心把门看好。

大安提福勒斯　（旁白）我是在人间，在天上，还是在地下？是梦，是醒？是发疯，还是神智清楚？她们认识我，我却不认识我自己！好，她们怎么说，我就怎么说，在这一场迷雾之中寻求新的天地。

大德洛米奥　大爷，我是不是要做起看门人来？

阿德里安娜　是，你要是让什么人进来，留心你的脑袋。

露西安娜　来，来，安提福勒斯，时候已经不早了。（同下。）

第三幕

第一场　小安提福勒斯家门前

小安提福勒斯、小德洛米奥、安哲鲁及鲍尔萨泽同上。

小安提福勒斯　好安哲鲁先生，请你原谅我们，内人很是厉害，她见我误了时间，一定要生气；你必须对她这样说，我因为在你的店里看你给她做项链，所以到现在才回来，你说那条项链明天就可以完工送来。可是这家伙却会当面造我的谣言，说他在市场上遇见我，说我打了他，说我问他要一千个金马克，又说我不认我的妻子，不肯回家。你这酒鬼，你这是什么意思？

小德洛米奥　尽您说吧，大爷，可是我知道得清清楚楚，您在市场上打了我，我身上还留着您打过的伤痕。我的皮肤倘然是一张羊皮纸，您的拳头倘然是墨水，那么您亲笔写下的憑据，就可以说明一切了。

小安提福勒斯 我看你就是一头驴子。

小德洛米奥 我这样挨打受骂，真像一头驴子一样。人家踢我的时候，我应该还踢他；要是我真的发起驴性子来，请您留心着我的蹄子吧，您会知道驴子也不是好惹的。

小安提福勒斯 鲍尔萨泽先生，您好像不大高兴，但愿我们的酒食能够代我向您表达一点欢迎的诚意。

鲍尔萨泽 美酒佳肴，我倒不在乎，您的盛情是值得感谢的。

小安提福勒斯 啊，鲍尔萨泽先生，满席的盛情，当不了一盆下酒的鱼肉。

鲍尔萨泽 大鱼大肉，是无论哪一个伧夫都置办得起的不足为奇的东西。

小安提福勒斯 殷勤的招待不过是口头的空言，尤其不足为奇。

鲍尔萨泽 酒肴即使稀少，只要主人好客，也一样可以尽欢。

小安提福勒斯 只有吝啬的主人和比他更为俭约的客人，才会以此为满足。可是我的酒肴虽然菲薄，希望您不以为嫌，开怀畅饮；您在别的地方可以享受到更为丰盛的宴席，可是不会遇到比我更诚心的主人。且慢！我的门怎么关起来了？去喊他们开门。

小德洛米奥 阿毛，白丽姐，玛琳，雪莉，琪琳，阿琴！

大德洛米奥 （在内）呆鸟，醉鬼，坏蛋，死人，蠢货，下贱的东西！给我滚开！这儿不是你找娘儿们的地方；一个已经太多了，你要这许多做什么？走，快滚！

小德洛米奥 这是哪个发昏的人在给咱们看门？喂，大爷在街上等着呢。

大德洛米奥 （在内）叫他不用等了，仍旧回到老地方去，免得他的尊足受了寒。

小安提福勒斯 谁在里面说话？喂！开门！

大德洛米奥 （在内）好，你对我说有什么事，我就开门。

小安提福勒斯 什么事！吃饭！我还没有吃过饭哪。

大德洛米奥 （在内）这儿不是你吃饭的地方；等到请你的时候你再来吧。

小安提福勒斯 你是什么人，不让我走进我自己的屋子？

大德洛米奥 （在内）我叫德洛米奥，现在权充司阍之职。

小德洛米奥 他妈的！你不但抢了我的饭碗，连我的名字也一起偷去了；我这饭碗可不曾给我什么好处，我这名字倒挨过不少的骂。要是你今天冒名顶替我，那么你的脸也得换一换，否则干脆就把你的名字改做驴子得啦。

露丝 （在内）吵些什么，德洛米奥？门外是些什么人？

小德洛米奥 露丝，让大爷进来吧。

露丝 （在内）不，他来得太迟了，你这样告诉你的大爷吧。

小德洛米奥 老天爷！真要笑死人了！给你说个俗语听：回到家里最逍遥。

露丝 （在内）奉还你一句俗语：请你别急，等着瞧。

大德洛米奥 （在内）你的名字若是露丝——露丝，你回答得真漂亮。

小安提福勒斯 你听见吗，贱人？还不开门？

露丝 （在内）我早对你说过了。

大德洛米奥 （在内）不错，你说过：偏不开。

小德洛米奥 来，使劲，打得好！就这样一拳一拳重重地敲。

小安提福勒斯　臭丫头，让我进来。

露丝　（在内）请问你凭什么要进来？

小德洛米奥　大爷，把门敲得重一点儿。

露丝　（在内）让他去敲吧，看谁手疼？

小安提福勒斯　我要是把门敲破了，那时可不能饶你，你这贱
　　　丫头！

露丝　（在内）何必费事？扰乱治安的人少不了要游街示众。

阿德里安娜　（在内）谁在门口闹个不休？

大德洛米奥　（在内）你们这里无赖太多了。

小安提福勒斯　我的太太，你在里边吗？你怎么不早点跑出来？

阿德里安娜　（在内）混蛋！谁是你的太太？快给我滚开！

小德洛米奥　大爷，您要是有了毛病，这个"混蛋"就要不舒
　　　服了。

安哲鲁　既没有酒食，也没有人招待，要是二者不可得兼，那么
　　　只要有一样也就行了。

鲍尔萨泽　我们刚才还在辩论丰盛的酒肴和主人的诚意哪一样更
　　　可贵，可是我们现在却要枵腹而归，连主人的诚意也没福
　　　消受了。

小德洛米奥　大爷，他们两位站在门口，您快招待他们一下吧。

小安提福勒斯　她们一定有些什么花样，所以不放我们进去。

小德洛米奥　里面点心烘得热热的，您却在外面喝着冷风，大丈
　　　夫给人欺侮到这个样子，气也要气疯了。

小安提福勒斯　去给我找些什么东西，让我把门打开来。

大德洛米奥　（在内）你要是打坏了什么东西，我就打碎你这混蛋
　　　的头。

小德洛米奥 说得倒很凶,大哥,可是空话就等于空气。他也可以照样还敬你,往你脸上放个屁。

大德洛米奥 (在内)看来你是骨头痒了。还不快滚,混蛋!

小德洛米奥 说来说去总是叫我滚!请你叫我进来吧。

大德洛米奥 (在内)等鸟儿没有羽毛,鱼儿没有鳞鳍的时候,再放你进来。

小安提福勒斯 好,我就打进去。给我去借一把鹤嘴锄来。

小德洛米奥 这个鹤却没有羽毛,主人,您想得真妙。找不到没有鳞鳍的鱼,却找到一只没有羽毛的鸟。咱们若是拿鹤嘴锄砸进去,准保叫他们吓得振翅高飞,杳如黄鹤。

小安提福勒斯 快去,找把铁锄来。

鲍尔萨泽 请您息怒吧,快不要这样子,给人家知道了,不但于您的名誉有碍,而且会疑心到尊夫人的品行。你们相处多年,她的智慧贤德,您都是十分熟悉的;今天这一种情形,一定另有原因,慢慢地她总会把其中道理向您解释明白的。听我的话,咱们自顾自到猛虎饭店吃饭去吧;晚上您一个人回家,可以问她一个仔细。现在街上行人很多,您要是这样气势汹汹地打进门去,难免引起人家的流言蜚语,污辱了您的清白的名声;也许它将成为您的终身之玷,到死也洗刷不了,因为诽谤到了一个人的身上,是会永远存留着的。

小安提福勒斯 你说得有理,我就听你的话,静静地走开。可是我虽然满怀怒气,还想找一个地方去解解闷儿。我认识一个雌儿,长得很不错,人也很玲珑,谈吐也很好,挺风骚也挺温柔的,咱们就二她那里吃饭去吧。我的老婆因为我

错误的喜剧

有时到这雌儿家里走动走动，常常会瞎疑心骂我，今天我们就到她家里去。（向安哲鲁）请你先回到你店里去一趟，把我叫你打的项链拿来，现在应该已经打好了；你可以把它带到普本丁酒店里，她就在那边侍酒，这链条我要送给她，算是对我老婆的报复。请你就去吧。我自己家里既然对我闭门不纳，我且去敲敲别人家的门，看他们会不会冷淡我。

安哲鲁　好，等会儿我就到您所说的地方来看您吧。

小安提福勒斯　好的。这一场笑话倒要花费我一些本钱哩。

（各下。）

第二场　同前

　　　　　　　露西安娜及大安提福勒斯上。

露西安娜　安提福勒斯你难道已经忘记了

一个男人对他妻子应尽的本分？

在热情的青春，你爱苗已经枯槁？

恋爱的殿堂没有筑成就已坍倾？

你娶我姊姊倘只为了贪图财富，

为了财富你也该向她着意温存；

纵使另有新欢，也只好鹊桥偷渡，

对着眼前的人儿献些假意殷勤。

别让她在你眼里窥见你的隐衷，

别让你的嘴唇宣布自己的羞耻；

你尽管巧言令色，把她鼓里包蒙，
心里奸淫邪恶，表面上圣贤君子。
何必让她知道你已经变了心肠？
哪一个笨贼夸耀他自己的罪状？
莫在她心灵上留下双重的创伤，
既然对不起她，就不该恶声相向。
啊，可怜的女人！天生来柔弱易欺，
只要你们说爱我们，我们就相信；
躯体被别人占据了，给我们外衣，
我们也就心满意足，不发生疑问。
姊夫，进去吧，安慰安慰我的姊姊，
劝她不要伤心，把她叫一声我爱；
甜言蜜语的慰藉倘能息争解气，
何必管它是真心，是假惺惺作态。

大安提福勒斯　亲爱的姑娘，我叫不出你的芳名，
更不懂我的名姓怎会被你知道；
你绝俗的风姿，你天仙样的才情，
简直是地上的奇迹，无比的美妙。
好姑娘，请你开启我愚蒙的心智，
为我指导迷津，扫清我胸中云翳，
我是一个浅陋寡闻的凡夫下士，
解不出你玄妙神奇的微言奥义。
我这不敢欺人的寸心惟天可表，
你为什么定要我堕入五里雾中？
你是不是神明，要把我从头创造？

错误的喜剧

那么我愿意悉听摆布，唯命是从。

可是我并没有迷失了我的本性，

这一门婚事究竟是从哪里说起？

我对她素昧平生，哪里来的责任？

我的情丝却早已在你身上牢系。

你婉妙的清音就像鲛人的仙乐，

莫让我在你姊姊的泪涛里沉溺；

我愿意倾听你自己心底的妙曲，

迷醉在你黄金色的发浪里安息，

那灿烂的柔丝是我永恒的眠床，

把温柔的死乡当作幸福的天堂！

露西安娜　你这样语无伦次，难道已经疯了？

大安提福勒斯　疯倒没有疯，可是有些昏迷颠倒。

露西安娜　多半是你眼睛瞧着人，心思不正。

大安提福勒斯　是你耀眼的阳光使我眩眩欲晕。

露西安娜　只要非礼勿视，你就会心地清明。

大安提福勒斯　我眼里没有你，就像黑夜没有星。

露西安娜　你要谈情说爱，请去找我的姊姊。

大安提福勒斯　你姊姊的妹妹。

露西安娜　我姊姊。

大安提福勒斯　不，就是你。

你是我的纯洁美好的身外之身，

眼睛里的瞳仁，灵魂深处的灵魂，

你是我幸福的源头，饥渴的食粮，

你是我尘世的天堂，升天的慈航。

露西安娜　你这种话应该向我姊姊说才对呀。

大安提福勒斯　就算你是你的姊姊吧，因为我说的是你。你现在还没有丈夫，我也不曾娶过妻子，我愿意永远爱你，和你过着共同的生活。答应我吧！

露西安娜　嗳哟，你别胡闹了，我去叫我的姊姊来，看她怎么说吧。（下。）

大德洛米奥慌张上。

大安提福勒斯　啊，怎么，德洛米奥！你这样忙着到哪儿去？

大德洛米奥　您认识我吗，大爷？我是不是德洛米奥？我是不是您的仆人？我是不是我自己？

大安提福勒斯　你是德洛米奥，你是我的仆人，你是你自己。

大德洛米奥　我是一头驴子，我是一个女人的男人，我不是我自己。

大安提福勒斯　什么女人的男人？怎么说你不是你自己？

大德洛米奥　呃，大爷，我已经归一个女人所有；她把我认了去，她缠着我，她不肯放松我。

大安提福勒斯　她凭什么不肯放松你？

大德洛米奥　大爷，就凭她所有者的权利，像您对您胯下的马一样。她非得要我简直像个畜生；我并不是说我像个畜生，她还要我；而是说她有那么一股十足的畜生脾气，硬不肯放松我。

大安提福勒斯　她是个什么人？

大德洛米奥　那模样真够瞧的；是啊，只要提起那种人，谁都得加上一句："你瞧，你瞧！"我自己觉得这门婚事没有什么好处，可是拿女方来说，倒颇能揩得一点油水。

大安提福勒斯　怎么叫揩得一点油水？

大德洛米奥　呃，大爷，她是厨房里的丫头，浑身都是油腻；我想不出她有什么用处，除非把她当作一盏油灯，借着她的光让我逃开她。要是把她身上的破衣服和她全身的脂油烧起来，可以足足烧一个波兰的冬天；要是她活到世界末日，那么她一定要在整个世界烧完以后一星期，才烧得完。

大安提福勒斯　她的肤色怎样？

大德洛米奥　黑得像我的鞋子一样，可是她的脸还没有我的鞋子擦得干净；她身上的汗垢，一脚踏上去可以连人的鞋子都给没下去。

大安提福勒斯　那只要多用水洗洗就行了。

大德洛米奥　不，她的龌龊是在她的皮肤里面的，挪亚时代的洪水都不能把她冲干净。

大安提福勒斯　她名字叫什么？

大德洛米奥　"八呎"，大爷；可是八呎再加上八吋也量不过她的腰围来。

大安提福勒斯　这样说她长得相当宽了？

大德洛米奥　从她屁股的这一边量到那一边，足足有六七呎；她的屁股之阔，就和她全身的长度一样；她的身体像个浑圆的地球，我可以在她身上找出世界各国来。

大安提福勒斯　她身上哪一部分是爱尔兰？

大德洛米奥　呃，大爷，在她的屁股上，那边有很大的沼地。

大安提福勒斯　苏格兰在哪里？

大德洛米奥　在她的手心里有一块不毛之地，大概就是苏格兰了。

大安提福勒斯　法国在哪里？

大德洛米奥　在她的额角上，从那蓬蓬松松的头发，我看出这是一个乱七八糟的国家。

大安提福勒斯　英格兰在哪里？

大德洛米奥　我想找寻白垩的岩壁，可是她身上没有一处地方是白的；猜想起来，大概在她的下巴上，因为它和法国是隔着一道鼻涕相望的。

大安提福勒斯　西班牙在哪里？

大德洛米奥　我可没有看见，可是她嘴里的气息热辣辣的，大概就在那里。

大安提福勒斯　美洲和西印度群岛呢？

大德洛米奥　啊大爷！在她的鼻子上，她鼻子上的瘰疬多得不可胜计，什么翡翠玛瑙都有。西班牙热辣辣的气息一发现这些宝物，马上就派遣出大批舰队到她鼻子那里装载货物去了。

大安提福勒斯　比利时和荷兰呢？

大德洛米奥　啊大爷！那种地方太低了，我望不下去。总之，这个丫头说我是她的丈夫；她居然未卜先知，叫我做德洛米奥，并且对我身上一切隐秘之处了如指掌：说我肩膀上有颗什么痣，头颈上有颗什么痣，又说我左臂上有一个大瘤，把我说得大吃一惊；我想她一定是个妖怪，所以赶紧逃了出来。幸亏我虔信上帝，心如铁石，否则她早把我变成一只短尾巴驴，叫我去给她推磨了。

大安提福勒斯　你就给我到码头上去，瞧瞧要是风势顺的话，我今晚不能再在这儿耽搁下去了。你看见有什么船要出发，就到市场上来告诉我，我在那里等着你。要是谁都认识我

错误的喜剧

们，我们却谁也不认识，那么还是卷起铺盖走吧。

大德洛米奥　正像人家见了一头熊没命奔逃，

　　我这贤妻也把我吓得魄散魂消。（下。）

大安提福勒斯　这儿都是些妖魔鬼怪，还是快快离开的好。叫我
　　丈夫的那个女人，我从心底里讨厌她；可是她那妹妹却这
　　么美丽温柔，她的风度和谈吐都叫人心醉，几乎使我情不
　　自禁；为了我自己的安全起见，我应该塞住耳朵，不去听
　　她那迷人的歌曲。

　　　　　　安哲鲁上。

安哲鲁　安提福勒斯大爷！

大安提福勒斯　呃，那正是我的名字。

安哲鲁　您的大名我还会忘记吗？瞧，项链已经打好了。我本来
　　想在普本丁酒店交给您，因为还没有完工，所以耽搁了许
　　多时候。

大安提福勒斯　你要我拿这链条做什么？

安哲鲁　那可悉听尊便，我是奉了您的命把它打起来的。

大安提福勒斯　奉我的命！我没有吩咐过你啊。

安哲鲁　您对我说过不止一次二次，足足有二十次了。您把它拿
　　进去，让尊夫人高兴高兴吧；我在吃晚饭的时候再来奉访，
　　顺便向您拿这项链的工钱吧。

大安提福勒斯　那么请你还是把钱现在拿去吧，等会儿也许你连
　　项链和钱都见不到了。

安哲鲁　您真会说笑话，再见。（留项链下。）

大安提福勒斯　我不知道这是怎么一回事。可是倘有人愿意白送
　　给你这样一条好的项链，谁也不会拒绝吧。一个人在这里

生活是不成问题的，因为在街道上也会有人把金银送给你。现在我且到市场上去等德洛米奥，要是有开行的船只，我就立刻动身。（下。）

错误的喜剧

第四幕

第一场 广场

商人乙、安哲鲁及差役一人上。

商人乙　尊款自从五旬节以后，早已满期，我也不曾怎样向你催
　　讨；本来我现在也不愿意开口，可是因为我就要开船到波
　　斯去，路上需要一些钱用，所以只好请你赶快把钱还我，
　　否则莫怪我无礼，就要请这位官差把你看押起来了。

安哲鲁　我欠你的这一笔款子，数目刚巧跟安提福勒斯欠我的差
　　不多，他就在我碰见你以前从我这儿拿了一条项链去，今
　　天五点钟他就会把货款付给我。请你跟我一同到他家里去，
　　我就可以清还尊款，还要多多感谢你的帮忙哩。

　　小安提福勒斯及小德洛米奥自娼妓家出。

差役　省得你多跑一趟路，他正好来了。

小安提福勒斯　我现在要到金匠那里去，你去给我买一根结实的绳鞭子来，我那女人串通了她的一党，把我白天关在门外，我要去治治她们。且慢，金匠就在那边。你快去买了绳鞭子，带回家里给我。

小德洛米奥　买一条绳鞭子，每年准可以打出一千镑来。（下。）

小安提福勒斯　你这个人真靠不住，你答应我把项链亲自送来给我，可是我既不见项链，又不见你的人。你大概害怕咱们的交情会给项链镇住，永远拆不开来，所以才避开我的面吗？

安哲鲁　别说笑话了，这儿是一张发票，上面开列着您那条项链的正确重量，金子的质地，连价格一起标明。我现在欠着这位先生的钱，要是把尊账划过，还剩三块多钱，请您就替我把钱还了他吧，因为他就要开船，等着这笔钱用。

小安提福勒斯　我身边没有带现钱，而且我在城里还有事情。请你同这位客人到我家里去，把那项链也带去交给内人，叫她把账付清。我要是来得及，也许可以赶上你们。

安哲鲁　那么您就把项链自己带去给您太太吧。

小安提福勒斯　不，你送去，我恐怕要回去得迟一点。

安哲鲁　很好，先生，我就给您带去。那项链在您身边吗？

小安提福勒斯　我身边是没有；我希望你不曾把它忘记带在身边，否则你要空手而归了。

安哲鲁　好了好了，请您快把项链给我吧。现在顺风顺水，这位先生正好上船，我已经耽误了他许多时间，可不要误了人家的事。

小安提福勒斯　嗳哟，你失约不到普本丁酒店里来，却用这种寻

错误的喜剧

开心的话来遮盖自己的不是。我应该怪你不把项链早给我，现在你倒先要向我无理取闹了。

商人乙 时间不知不觉地过去，请你快一点吧。

安哲鲁 你听他又在催我了，那项链呢？

小安提福勒斯 项链吗？你拿去给我的妻子，她就会把钱给你。

安哲鲁 好了，好了，你知道我刚才已经把它给了你了。你要是不肯把项链交我带去，就让我带点什么凭据去也好。

小安提福勒斯 哼！现在你可把玩笑开得太过分了。来，那项链呢？请你给我看看。

商人乙 你们这样纠缠不清，我可没工夫等下去。先生，你干脆回答我你愿意不愿意替他把钱还我。要是你不答应，我就让这位官差把他看押起来。

小安提福勒斯 我回答你！怎么要我回答你？

安哲鲁 你欠我的项链的钱呢？

小安提福勒斯 我没有拿到项链，怎么会欠你钱？

安哲鲁 你知道我在半点钟以前把它给了你的。

小安提福勒斯 你没有给我什么项链，你完全在诬赖我。

安哲鲁 先生，你不承认你已经把它拿了去，才真对不起人，你知道这是跟我的信用有关的。

商人乙 好，官差，我告他欠我钱，请你把他看押起来。

差役 好，我奉着公爵的名义逮捕你，命令你不得反抗。

安哲鲁 这可把我的脸也丢尽了。你要是不答应把这笔钱拿出来，我就请这位官差把你也看押起来。

小安提福勒斯 我没有拿过你什么东西，却要我答应付你钱！蠢东西，你有胆量就把我看押起来吧。

安哲鲁 官差，这是给你的酒钱，请把他抓了。他这样公然给我难堪，就算他是我的兄弟，我也不能放过他。

差役 先生，我要把你看押起来，你听见他控告了你。

小安提福勒斯 好，我不反抗，我会叫家里拿钱来取保。可是你这混蛋，你对我开这场玩笑，是要付重大的代价的，那时候恐怕拿出你店里所有的金银来还不够呢。

安哲鲁 安提福勒斯先生，以弗所是个有法律的城市，它一定会叫你从此没脸见人。

大德洛米奥上。

大德洛米奥 大爷，有一艘埃必丹农的船，等船老板上了船，就要开行。我已经把我们的东西搬上去了，油、香膏、酒精，我也都买好了。船已经整帆待发，风势也很顺利，现在他们在等的只有船老板和大爷您。

小安提福勒斯 怎么，你疯了吗？你这头蠢羊，有什么埃必丹农的船在等着我？

大德洛米奥 您不是自己叫我去雇船的吗？

小安提福勒斯 你喝醉了酒，把头都喝昏了吗？我叫你去买一根绳子，我也告诉过你买来作什么用处。

大德洛米奥 叫我买绳子！哼，我又不要上吊！你明明叫我到港口去雇船的。

小安提福勒斯 我等会儿再跟你算账，我要叫你以后听话留点儿神。现在快给我到太太那里去，把这钥匙交给她，对她说，在那铺着土耳其花毯的桌子里有一袋钱，叫她把它拿给你。你告诉她我在路上给他们捉了去了，这钱是用来取保的。狗才，快去！官差，咱们就到牢里坐一坐吧。（商人乙、安哲

错误的喜剧

鲁、差役、小安提福勒斯同下。）

大德洛米奥　到太太那里去！那就是我们吃饭的地方，那里还有
　　　一个婆娘认我做丈夫；她太胖了，我真吃她不消。硬着头
　　　皮去一趟，主人之命不可抗。（下。）

第二场　小安提福勒斯家中一室

　　　　　　　　阿德里安娜及露西安娜上。

阿德里安娜　露西安娜，他真的这样把你勾引？
　　　你有没有仔细窥探过他的神情，
　　　到底是假意求欢，还是真心挑逗？
　　　他是不是红着脸，说话一本正经？
　　　你能不能从他无法遮藏的脸上，
　　　看出他的心在不怀好意地跳荡？

露西安娜　他先是把你们夫妻的名分否认。

阿德里安娜　我没有亏待他，他自己夫道未尽。

露西安娜　他又发誓说他在这里是个外人。

阿德里安娜　可恼他反脸无情，不顾背誓寒盟！

露西安娜　于是我劝他回心爱你。

阿德里安娜　他怎么说？

露西安娜　他反转来苦苦求我把爱情施与。

阿德里安娜　究竟他向你说些什么游辞浪语？

露西安娜　倘使是纯洁的爱，我也许会心动，他说我美貌无双，
　　　赞我言辞出众。

阿德里安娜　你一定很高兴吧？

露西安娜　请你不要着恼。

阿德里安娜　我再也按捺不住我心头的怒气，

管不住我的舌头把他申申痛詈。

他跛脚瘸手，腰驼背曲，又老又瘦，

五官不正，四肢残缺，满身的丑陋，

恶毒，凶狠，愚蠢，再加上残酷无情，

他的心肠比容貌还要丑上十分！

露西安娜　这样一个男人你何必割舍不下，

依我说你就干脆让他滚蛋也罢。

阿德里安娜　啊，可是我心里其实不这样想他，

只希望别人看他像是牛头马面；

正像野鸟离窝很远故意叫喳喳，

我嘴里骂他，心头上却把他思恋。

　　　　　　大德洛米奥上。

大德洛米奥　到了，去，桌子！钱袋！好，赶快！

露西安娜　怎么，你话都说不清楚了吗？

大德洛米奥　跑得太快了，喘不过气来。

阿德里安娜　大爷呢，德洛米奥？他人好吗？

大德洛米奥　不好，他给抓到比地狱还深的监狱里去了。抓他的
是一个身穿皮子号衣的魔鬼，一排铁扣子扣起他凶恶的心
肠；一个妖魔，一个凶神，冷酷无情，暴跳如雷；一头狼，
不，比狼还厉害，身上也是长毛茸茸；惯会拍人的脊背，
揪人的肩膀，不管是小路、小溪、小道，他都会吆喝一声，
不准你通行；一头跟踪寻迹的猎狗，叫他咬上，就不得逃

错误的喜剧

生；末日审判还没到，他就把可怜虫往地狱里送。

阿德里安娜　啊，是怎么一回事？

大德洛米奥　我也不知道是怎么一回事，他给他们捉去了。

阿德里安娜　怎么，他给捉去了？谁把他告到官里去的？

大德洛米奥　我也不知道谁把他告到官里去的；可是把他捉到官里去的就是我刚才说的那个身穿皮子号衣的官差，这点绝对没错。太太，您肯把他桌子里的钱给我，去赎他出来吗？

阿德里安娜　妹妹，你去拿一拿。（露西安娜下）我倒不懂他怎么会瞒着我欠人家的钱。告诉我，他们把他绑起来了吗？

大德洛米奥　绑倒没有绑起来，可是我听他们说要把他用链子锁起来呢。您没听见那声音吗？

阿德里安娜　什么，链子的声音吗？

大德洛米奥　不，钟的声音。我现在一定要去了；我离开他的时候才两点钟，现在已经敲一点钟了。

阿德里安娜　钟会倒退转来，我倒没有听见过。

大德洛米奥　要是钟点碰见了官差，他会吓得倒退转来的。

阿德里安娜　除非时间也欠人钱！你真是异想天开。

大德洛米奥　时间本来是个破产户，你找他要什么，他就没有什么。再说，时间也是个小偷。你不是常听见人们说吗：不分白天黑夜，时间总是偷偷地溜过去？既然时间是一个破产户兼小偷，半路上遇见官差，一天才倒退转来一个钟点，那还算多吗？

　　　　　露西安娜重上。

阿德里安娜　德洛米奥，你快把钱拿去，同大爷回家来。妹妹，我们进去吧。我心里疑神疑鬼，这固然给我以慰藉，也使我感到难过。（同下。）

第三场 广场

大安提福勒斯上。

大安提福勒斯　我在路上看见的人，都向我敬礼，好像我是他们的老朋友一般，谁都叫得出我的名字。有的人送钱给我，有的人请我去吃饭，有的人向我道谢，有的人要我买他的东西；刚才还有一个裁缝把我叫进他的店里去，给我看一匹他给我买下的绸缎，并且还给我量尺寸。我看这里的人们都有魔术，他们有意用这种古怪的手段戏弄我。

大德洛米奥上。

大德洛米奥　大爷，这是您叫我去拿的钱。怎么，你把那换了一身新装的老亚当给打发走了吗？

大安提福勒斯　这是哪里来的钱？你说什么亚当？

大德洛米奥　不是看守乐园的亚当，而是看守监狱的亚当。当年为浪子杀了一头牛，牛皮就让他捡去作号衣了；他像个灾星似的，跟在你身后，口口声声叫你放弃自由。

大安提福勒斯　我完全听不懂。

大德洛米奥　听不懂？这不是很清楚吗？清楚得就像大提琴一样；他也就好比大提琴，老装在皮匣子里；我说的，大爷，就是那个家伙——当安分良民累了的时候，他就拍拍他们的肩膀，叫他们不要走动；他可怜肌骨软弱的人，专给他

错误的喜剧

们找挣不破的结实衣服穿；他手持短棒，可是行起凶来，拿长枪的也得让他三分。

大安提福勒斯　哦，你是说一个衙役呀？

大德洛米奥　正是，大爷，一个官差；文书契约有什么差错，他就要找你去回话；他仿佛觉得人人都要上床去睡觉了，因为他的口头语是："好好歇着！"

大安提福勒斯　我看你的笑话也该歇歇了。今天晚上有没有船只开行？我们就可以动身吗？

大德洛米奥　咦，大爷，我在一点钟之前就告诉您，今晚有一条船"长征号"准备出发，可是官差却偏要叫您等着坐"班房号"。您叫我去拿这些钱来把您赎出。

大安提福勒斯　这家伙疯了，我也疯了。我们已经踏进了妖境，求上帝快快保佑我们离开这地方吧！

　　　　　　　　妓女上。

妓女　安提福勒斯大爷，咱们遇得巧极了。您大概已经找到了金匠，这项链就是您答应给我的吗？

大安提福勒斯　魔鬼，走开！不要引诱我！

大德洛米奥　大爷，她就是魔鬼的奶奶吗？

大安提福勒斯　她就是魔鬼。

大德洛米奥　不，她比魔鬼还要可怕，她是个母夜叉，扮做婊子来迷人。姑娘们往往说："若不是怎么怎么，愿我变个夜叉，"这也就等于说："愿我变个婊子。"许多书上都写着夜叉身上会放光，光是从火里来的，火是会烧人的；因此，婊子也是会烧人的。千万要离她远点。

妓女　你们主仆两人真会开玩笑。大爷，您肯赏光到我家里去吃顿饭吗？

大德洛米奥　您要去，大爷，可就得吃大杓肉了；我看您快去找一把长柄杓子吧。

大安提福勒斯　为什么，德洛米奥？

大德洛米奥　谁都知道和魔鬼一桌吃饭非得使长柄杓子才行。

大安提福勒斯　走开，妖精！什么吃饭不吃饭！你是个迷人的妖女，你们这儿全都是妖怪，你快给我走开吧！

妓女　你把吃中饭时候向我要去的戒指还我，或者把你答应给我的链条拿来跟我交换，我就去，不再来打扰你了。

大德洛米奥　有的魔鬼只向人要一些指甲头发，或者一根草、一滴血、一枚针、一颗胡桃、一粒樱桃核，她却向人要一根金项链，真是一个贪心的魔鬼。大爷，您别给她迷昏了，这项链给她不得，否则她要把它摇响来吓我们的。

妓女　大爷，请你快把我的戒指还我，或者把你的项链给我。你们贵人是不应该这样欺诈我们的。

大安提福勒斯　别跟我缠绕不清了，妖精！德洛米奥，咱们快走吧。

大德洛米奥　姑娘，你看见过孔雀吧？把尾巴一张，说："站远点！"（大安提福勒斯、大德洛米奥同下。）

妓女　安提福勒斯一定是真的疯了，否则他决不会这样不顾面子的。他把我一个值四十块钱的戒指拿去，答应我他要去打一根金项链来跟我交换；现在他戒指也不肯还我，项链也不肯给我。我相信他一定是疯了，不但因为他刚才那样对待我，而且今天吃饭的时候，我还听他说过一段疯话，说是他家里关紧大门不放他进去，大概他的老婆知道他时

错误的喜剧

常精神病发作，所以有意把他关在门外。我现在要到他家里去告诉他的老婆，说他发了疯闯进我的屋子里，把我的戒指抢去了。这个办法很不错，四十块钱不能让它冤枉丢掉。（下。）

第四场　街道

　　　　　　　小安提福勒斯及差役上。

小安提福勒斯　朋友，你放心好了，我不会逃走的。他说我欠他多少钱，我就留下多少钱给你再走。我的老婆今天脾气很坏，准不会轻易相信我叫人带去的口信。她听见我竟在以弗所吃官司，一定会觉得是闻所未闻的事。

　　　　　　　小德洛米奥持绳鞭上。

小安提福勒斯　我的跟班已经来了，我想他一定带着钱来。喂，我叫你干的事怎么样了？

小德洛米奥　我已经买来了，您瞧，这一定可以叫她们大家知道些厉害。

小安提福勒斯　可是钱呢？

小德洛米奥　咦，大爷，钱我早把它拿去买绳鞭子了。

小安提福勒斯　狗才，你拿五百块钱去买一条绳子吗？

小德洛米奥　按这个价格，大爷，我就赏给您五百条。

小安提福勒斯　我叫你到家里去作什么的？

小德洛米奥　叫我去买绳鞭子呀，我现在买来了。

小安提福勒斯　好，我就用这绳鞭子来欢迎你。（打小德洛米奥。）

差役　先生，您息怒吧。

小德洛米奥　你倒叫他息怒，我才算倒尽了霉！

差役　好了，你也别多话了。

小德洛米奥　你叫我别多话，先叫他别打。

小安提福勒斯　你这糊涂混账没有知觉的蠢才！

小德洛米奥　大爷，我但愿我没有知觉，那么您打我我也不会
　　　痛了。

小安提福勒斯　你就像一头驴子一样，什么都是糊里糊涂的，只
　　　有把你抽一顿鞭子才觉得痛。

小德洛米奥　不错，我真是一头驴子，您看我的耳朵已经给他扯
　　　得这么长了。我从出世以来，直到现在，一直服侍着他；
　　　我在他手里没有得到什么好处，打倒给他不知打过多少次
　　　了。我冷了，他把我打到浑身发热；我热了，他把我打到
　　　浑身冰冷；我睡着的时候，他会把我打醒；我坐下的时候，
　　　他会把我打得站起来；我出去的时候，他会把我打到门
　　　外；我回来的时候，他会把我打进门里。他的拳头永远不
　　　离我的肩膀，就像叫化婆肩上驮着的小孩子一样；我看他
　　　把我的腿打断了以后，我还要负着这一身伤痕沿门乞讨呢。

小安提福勒斯　好，你去吧，我的妻子打那边来了。

　　　　　　　阿德里安娜、露西安娜、妓女、品契同上。

小德洛米奥　太太，记住那句成语："鞭策自己"；或者我也该像
　　　鹦鹉学舌似的作一番预言："当心绳子。"

小安提福勒斯　你还要多嘴吗？（打小德洛米奥。）

妓女　你看，你的丈夫不是疯了吗？

阿德里安娜　他这样野蛮，真的是疯了。品契师傅，你有驱邪逐

错误的喜剧

鬼的本领，请你帮助他恢复本性，你要什么酬报我都可以答应你。

露西安娜　嗳哟，他的脸色多么狰狞可怕！

妓女　瞧他给鬼迷得浑身发抖了！

品契　请你伸过手来，让我摸摸你的脉息。

小安提福勒斯　我就伸过手来，赏你一记耳光。（打品契。）

品契　撒旦，我用天上列圣的名义，命令你遵从我神圣的祈祷，快快离开这个人的身体，回到你那黑暗的洞府里！

小安提福勒斯　胡说，你这愚蠢的术士！我没有发疯。

阿德里安娜　可怜的人儿，我希望你真的没有发疯！

小安提福勒斯　你这贱人！这些都是你的相好吗？这个面孔黄黄的家伙，就是他今天在我家里饮酒作乐，把我关在门外，不许我走进自己的家里吗？

阿德里安娜　丈夫，上帝知道你今天在家里吃饭。倘然你好好地呆在家里不出来，也就不会受到这种诬蔑和公开的难堪了。

小安提福勒斯　在家里吃饭！狗才，你怎么说？

小德洛米奥　大爷，老老实实说一句，您并没在家里吃饭。

小安提福勒斯　我家里的门不是关得紧紧的，不让我进去吗？

小德洛米奥　是的，您家里的门关得紧紧的，不让您进去。

小安提福勒斯　她自己不是在里边骂我吗？

小德洛米奥　不说假话，她自己在里边骂您。

小安提福勒斯　那厨房里的丫头不是也把我破口辱骂吗？

小德洛米奥　一点不错，那厨房里的丫头也把您辱骂。

小安提福勒斯　我不是盛怒而去吗？

小德洛米奥　正是，我的骨头可以作证，您的盛怒它领教过了。

阿德里安娜　他说话这样颠倒，你还句句顺着他，这样作对吗？

品契　应该这样，他现在正在癫痫发作，不要跟他多辩，过会儿他会慢慢地安静下来的。

小安提福勒斯　你唆使那金匠把我逮捕。

阿德里安娜　唉！我听见了这消息，就叫德洛米奥拿钱来保你出来。

小德洛米奥　叫我拿钱来！天地良心，大爷，我可没有拿到一个钱。

小安提福勒斯　你没去向她要一个钱袋吗？

阿德里安娜　他到了家里，我就给他。

露西安娜　我可以证明她把钱袋交给了他。

小德洛米奥　上帝和绳店里的老板可以为我作证，我只是奉命去买一根绳子。

品契　太太，他们主仆两人都给鬼附上了，您看他们的脸色多么惨白。他们一定要好好捆起来，放在黑屋子里。

小安提福勒斯　我问你，你今天为什么把我关在门外？还有你，为什么不肯拿出那一袋钱来？

阿德里安娜　好丈夫，我没有把你关在门外。

小德洛米奥　好大爷，我也没有拿到过什么钱；可是咱们的的确确是给她们关在门外的。

阿德里安娜　欺人的狗才！你说的都是假话。

小安提福勒斯　欺人的淫妇！你自己才没有半点真心；你串通一帮狐群狗党来摆布我，我这十个指头可要戳进你的眼眶里，把你那双骗人的眼珠子挖出来；你别以为瞧着我这样给人糟蹋羞辱是件有趣的玩意儿。

错误的喜剧

阿德里安娜　啊！捆住他，捆住他，别让他走近我的身边！

品契　多喊几个人来！他身上的鬼强横得很呢。

露西安娜　嗳哟，可怜的，他脸上多么惨白！

三四人入场，将小安提福勒斯捆缚。

小安提福勒斯　啊，你们要谋害我吗？官差，我是你的囚犯，你难道就让他们把我劫走吗？

差役　列位放了他吧；他是我的囚犯，不能让你们带去。

品契　把这家伙也捆了，他也是发疯的。（众人将小德洛米奥捆缚。）

阿德里安娜　你要干么，你这无礼的差人？你愿意看一个不幸的疯人伤害他自己吗？

差役　他是我的囚犯，我要是放他去了，他欠人家的钱就要由我负责了。

阿德里安娜　我会替他付清这一笔债的，你把我领去见他的债主，等我问明白以后，我就可以如数还他。好师傅，请你护送他回家去。唉，倒霉的日子！

小安提福勒斯　唉，倒霉的娼妇！

小德洛米奥　主人，这样把咱俩人捆在一起，我真是受您的连累了。

小安提福勒斯　少胡说，混蛋！你要把我气疯吗？

小德洛米奥　难道您愿意白白地叫人绑上吗？干脆就发疯吧，主人；大呼小叫地喊几声"魔鬼！"

露西安娜　愿上帝保佑这些可怜的人吧！听他们多么语无伦次！

阿德里安娜　把他们带走吧。妹妹你跟我来。（品契及助手等推小安提福勒斯、小德洛米奥下）告诉我是谁控告他？

差役 一个叫安哲鲁的金匠，您认识他吗？

阿德里安娜 我认识这个人。他欠他多少钱？

差役 二百块钱。

阿德里安娜 这笔钱是怎么欠下来的？

差役 因为您的丈夫拿过他一条项链。

阿德里安娜 他倒是曾经给我定作过一条项链，可是始终没有拿到。

妓女 他今天暴跳如雷地到了我家里，把我的戒指也抢去了，我看见那戒指刚才就在他的手指上；后来我遇见他的时候，他是套着一条项链。

阿德里安娜 也许是的，可是我却没有看见。来，官差，同我到金匠那里去，我要知道这件事情的全部真相。

大安提福勒斯及大德洛米奥拔剑上。

露西安娜 慈悲的上帝！他们又逃出来啦！

阿德里安娜 他们还拔着剑。咱们快去多叫些人来把他们重新捆好。

差役 快逃！他们要把我们杀了。（*阿德里安娜、露西安娜及差役下。*）

大安提福勒斯 原来这些妖精是怕剑的。

大德洛米奥 叫您丈夫的那个女的现在见了您就逃了。

大安提福勒斯 给我到马人旅店去，把我们的行李拿来，我巴不得早一点平安上船。

大德洛米奥 老实说，咱们就是再多住一晚，他们也一定不会害我们的。您看他们对我们说话都是那么恭敬，还送钱给我们用。我想他们倒是一个很有礼貌的民族，倘不是那个胖婆娘一定要我做她的丈夫，我倒也愿意永远住在这儿，变一个妖精。

大安提福勒斯　我今夜可无论怎么也不愿再呆下去了。去，把我们的行李搬上船吧。（同下。）

第五幕

第一场　尼庵前的街道

商人乙及安哲鲁上。

安哲鲁　对不住，先生，我误了你的行期；可是我可以发誓他把我的项链拿去了，虽然他自己厚着脸皮不肯承认。

商人乙　这个人在本城的名声怎样？

安哲鲁　他有极好的名声，信用也很好，在本城是最受人敬爱的人物；只要他说一句话，我可以让他动用我的全部家财。

商人乙　话说轻些，那边走来的好像就是他。

大安提福勒斯及大德洛米奥上。

安哲鲁　不错，他颈上套着的正就是他绝口抵赖的那条项链。先生，你过来，我要跟他说话。安提福勒斯先生，我真不懂您为什么要这样羞辱我为难我；您发誓否认您拿了我的项链，现在却公然把它戴在身上，这就是对于您自己的名誉也是有点妨害的。除了叫我花钱、受辱和吃了一场冤枉官司，您还连累了我这位好朋友，他倘不是因为我们这一场纠葛，今天就可以上船出发。您把我的项链拿去了，现在还想赖吗？

大安提福勒斯 这项链是你给我的，我并没有赖呀。

商人乙 你明明赖过的。

大安提福勒斯 谁听见我赖过？

商人乙 我自己亲耳听见你赖过。不要脸的东西！你这种人是不配和规规矩矩的人来往的。

大安提福勒斯 你开口骂人，太不讲理了；有胆量的，跟我较量一下，我要证明我自己是个重名誉讲信义的人。

商人乙 好，我说你是一个混蛋，咱们倒要比个高低。（二人拔剑决斗。）

　　　　　　阿德里安娜、露西安娜、妓女及其他人等上。

阿德里安娜 住手！看在上帝面上，不要伤害他；他是个疯子。请你们过去把他的剑夺下了，连那德洛米奥一起捆起来，把他们送到我家里去。

大德洛米奥 大爷，咱们快逃吧；天哪，找个什么地方躲一躲才好！这儿是一所庵院，快进去吧，否则咱们要给他们捉住了。（大安提福勒斯、大德洛米奥逃入庵内。）

　　　　　　住持尼上。

住持尼 大家别闹！你们这么多人挤在这儿干什么？

阿德里安娜 我的可怜的丈夫发疯了，我来接他回家去。放我们进去吧，我们要把他牢牢地捆起来，送他回家医治。

安哲鲁　我知道他的神智的确有些反常。

商人乙　我现在后悔不该和他决斗。

住持尼　这个人疯了多久了？

阿德里安娜　他这一星期来，老是郁郁不乐，和从前完全变了样子；可是直到今天下午，才突然发作起来。

住持尼　他因为船只失事，损失了许多财产吗？有什么好朋友在最近死去吗？还是因为犯了一般青年的通病，看中了谁家的姑娘，为了私情而烦闷吗？在这些令人抑郁的原因中，到底是为了哪个原因呢？

阿德里安娜　也许是为了你最后所说的一种原因，他一定在外面爱上了什么人，所以老是不在家里。

住持尼　那么你就该责备他。

阿德里安娜　是呀，我也曾责备过他。

住持尼　也许你责备他不够厉害。

阿德里安娜　在妇道所容许的范围之内，我曾经狠狠地数说过他。

住持尼　也许你只在私下里数说他。

阿德里安娜　就是当着众人面前，我也骂过他的。

住持尼　也许你骂他还不够凶。

阿德里安娜　那是我们日常的话题。在床上他被我劝告得不能入睡；吃饭的时候，他被我劝告得不能下咽；没有旁人的时候，我就跟他谈论这件事；当着别人的面前，我就指桑骂槐地警戒他；我总是对他说那是一件干不得的坏事。

住持尼　所以他才疯了。妒妇的长舌比疯狗的牙齿更毒。他因为听了你的詈骂而失眠，所以他的头脑才会发昏。你说你在吃饭的时候，也要让他饱听你的教训，所以害得他消化不

错误的喜剧

良，郁积成病。这种病发作起来，和疯狂有什么两样呢？你说他在游戏的时候，也因为你的谯诃而打断了兴致，一个人既然找不到慰情的消遣，他自然要闷闷不乐，心灰意懒，百病丛生了。吃饭游戏休息都要受到烦扰，无论是人是畜生都会因此而发疯。你的丈夫是因为你的多疑善妒，才丧失了理智的。

露西安娜 他在举止狂暴的时候，她也不过轻轻劝告他几句。——你怎么让她这样责备你，一句也不回口？

阿德里安娜 她骗我招认出我自己的错处来了。诸位，我们进去把他拖出来。

住持尼 不，谁也不准进我的屋子。

阿德里安娜 那么请你叫你的用人把我丈夫送出来吧。

住持尼 也不行。他因为逃避你们而进来，我在没有设法使他恢复神智或是承认我的努力终归无效以前，决不能把他交在你们手里。

阿德里安娜 他是我的丈夫，我会照顾他、看护他，那是我的本分，用不着别人代劳。快让我带他回去吧。

住持尼 不要急，让我给他服下玉液灵丹，为他祈祷神明，使他恢复原状，现在可不能惊动他。出家人曾经在神前许下誓愿，为众生广行方便；让他留在我的地方，你先去吧。

阿德里安娜 我不能抛下我的丈夫独自回家。你是个修道之人，怎么好拆散人家的夫妇？

住持尼 别闹，去吧；我不能把他交给你。（下。）

露西安娜 她这样无礼，我们去向公爵控诉吧。

阿德里安娜 好，我们去吧；我要跪在地上不起来，向公爵哭泣哀求，一定要他亲自来逼这尼姑交出我的丈夫。

商人乙 我看现在快要五点钟了，公爵大概就要经过这里到刑场上去。

安哲鲁 为什么？

商人乙 因为有一个倒霉的叙拉古老头子走进了我们境内，违犯本地的法律，所以公爵要来监刑，看着他当众枭首。

安哲鲁 瞧，他们已经来了，我们倒可以看杀人啦。

露西安娜 趁公爵没有走过庵门之前，你快向他跪下来。

　　　　　　公爵率扈从、光着头的伊勤及刽子手、差役等上。

公爵 再向公众宣告一遍，倘使有他的什么朋友愿意代他缴纳赎款，就可以免他一死，因为我们十分可怜他。

阿德里安娜 青天大老爷伸冤！这庵里的姑子不是好人！

公爵 她是一个道行高超的老太太，怎么会欺侮你？

阿德里安娜 启禀殿下，您给我作主许配的我的丈夫安提福勒斯，今天忽然大发精神病，带着他的一样发疯的跟班，在街上到处乱跑，闯进人家的屋子里，把人家的珠宝首饰随意拿走。我曾经把他捉住捆好，送回家里，一面忙着向人家赔不是，可是不知怎么又给他逃了出来，疯疯癫癫的主仆两人，手里还挥着刀剑，看见我们就吓唬我们，把我们赶走。后来我招呼了许多人，想把他拖回家去，他看见人多，就逃进这所庵院里了。我们追到了这里，这里的姑子却堵住了大门，不让我们进去，也不肯放他出来；我没有办法，只好求殿下作主，命令那姑子把我的丈夫交出来，好让我带他回家去医治。

公爵 你的丈夫跟着我转战有功，当初你们结婚的时候，我曾经

错误的喜剧

答应尽力照拂他。来人，给我去敲开庵门，叫那当家的尼姑出来见我。我要把这件事情问明白了再走。

一仆人上。

仆人 啊，太太！太太！快逃命吧！大爷和他的跟班已经挣脱了束缚，抓住了使女们乱打，还把那赶鬼的法师绑了起来，用烧红的铁条烫他的胡子，火着了便把一桶一桶污泥水向他迎面浇去。大爷一面劝他安心，他的跟班一面拿剪刀把他的头发剪得和一个丑角一样短。要是您不赶快打发人去救他出来，这法师要给他们作弄死了。

阿德里安娜 闭嘴，蠢才！你大爷和他的跟班都在这里，你说的都是一派胡言。

仆人 太太，我发誓我说的都是真话。这是我刚才亲眼看见的事，我奔到这儿来，简直连气都没有喘过一口呢。他还嚷着要找您，他发誓说看见了您要把您的脸都烫坏了，叫您见不得人。（内呼声）听，听，他来了，太太！快逃吧！

公爵 来，站在我的身边，别怕。卫士们，拿好戟子，留心警戒！

阿德里安娜 嗳哟，那真是我的丈夫！你们瞧，他会隐身来去，刚才他明明走进这庵里去，现在他又在这里了，怎么会有这种怪事！

小安提福勒斯及小德洛米奥上。

小安提福勒斯 殿下，请您看在我当年跟着您南征北战、冒死救驾的功劳分上，给我主持公道！

伊勤 我倘不是因为怕死而吓得精神错乱，那么我明明瞧见我的儿子安提福勒斯和德洛米奥。

小安提福勒斯　殿下，请您给我惩罚那个妇人！多蒙您把她许配
　　　给我，可是她却不守妇道，把我百般侮辱，甚至还想谋害
　　　我！她今天那样不顾羞耻地对待我的种种情形，简直是谁
　　　也想像不到的。

公爵　你把她怎样对待你的情形说出来，我会给你们公平判断。

小安提福勒斯　殿下，她今天把我关在门外，自己和一帮无赖在
　　　我的家里饮酒作乐。

公爵　那真太荒唐了！阿德里安娜，你真的这样吗？

阿德里安娜　不，殿下，今天吃饭的时候，他、我和我的妹妹都
　　　在一起。他这样说我，完全是冤枉！

露西安娜　我可以对天发誓，她说的都是真话。

安哲鲁　说鬼话的女人！他虽然是个疯子，可是并没有冤枉她们。

小安提福勒斯　殿下，我并不是喝醉了酒信口乱说，也不是因为
　　　心里恼怒随便冤人，虽则像我今天所受到的种种侮辱，是
　　　可以叫无论哪一个头脑冷静的人都会发起疯来的。这妇人
　　　今天把我关在门外不让我进去吃饭；站在那边的那个金匠
　　　倘不是她的同党，他也可以为我证明，因为他那时和我在
　　　一起。后来他去拿一条项链，答应我把它送到我跟鲍尔萨
　　　泽一同吃饭的酒店里；可是我们吃完饭，他还没有来，我
　　　就去找他；我在街上遇见了他，那位先生也跟他在一起，
　　　不料这个欺人的金匠一口咬定他已经在今天把项链交给了
　　　我，天知道我可没有看见过；他赖了人不算，还叫差役把
　　　我捉住，我没有办法，只好叫我的奴才回家去拿钱，谁知
　　　道他却空手回来；于是我就求告那位差役，请他亲自陪着
　　　我到我家里；在路上我们碰见了我的妻子小姨，带着她们

错误的喜剧

的一批狐群狗党，还有一个名叫品契的面黄肌瘦像一副枯骨似的混账家伙，一个潦倒不堪的江湖术士，简直就是个活死人，这个说鬼话的狗才自以为能够降神捉鬼，他的一双眼睛盯着我的眼睛，摸着我的脉息，说是有鬼附在我身上，自己不要脸，硬要叫我也丢脸；于是他们大家扑在我身上，把我缚住手脚抬到家里，连我的跟班一起丢在一个黑暗潮湿的地窖里，后来被我用牙齿咬断了绳，才算逃了出来，立刻到这儿来了。殿下，我受到这样奇耻大辱，一定要请您给我作主伸雪。

安哲鲁 殿下，我可以为他证明，他的确不在家里吃饭，因为他家里关住了门不放他进去。

公爵 可是你有没有把这样一条项链交给他呢？

安哲鲁 他已经把它拿去了，殿下；他跑进庵里去的时候，这些人都看见他套在颈上的。

商人乙 而且我可以发誓我亲耳听见你承认你已经从他手里取了这条项链，虽然起先在市场上你是否认的，那时我就拔出剑来跟你决斗，你后来便逃进这所庵院里去，可是不知怎么一下子你又出来了。

小安提福勒斯 我从来不曾踏进这庵院的门，你也从来不曾跟我决斗过，那项链我更是不曾见过。上天为我作证，你们都在冤枉我！

公爵 咦，这可奇了！我看你们都喝了迷魂的酒了。要是你们说他曾经走了进去，那么他怎么说没有到过；要是他果然发疯，那么他怎么说话一点不疯；你们说他在家里吃饭，这个金匠又说他不在家里吃饭。小厮，你怎么说？

小德洛米奥 老爷，他是在普本丁酒店里跟她一块儿吃饭的。

妓女 是的，他还把我手指上的戒指拿去了。

小安提福勒斯 是的，殿下，这戒指就是我从她那里拿来的。

公爵 你看见他走进这座院里去吗？

妓女 老爷，我的的确确看见他走进去。

公爵 好奇怪！去叫那当家的尼姑出来。（一侍从下）我看你们个个人都有精神病。

伊勤 威严无比的公爵，请您准许我说句话儿。我看见这儿有一个可以救我的人，他一定愿意拿出钱来赎我。

公爵 叙拉古人，你有什么话尽管说吧。

伊勤 先生，你的名字不是叫安提福勒斯吗？这不就是你的奴隶德洛米奥吗？

小德洛米奥 老丈，一小时以前，我的确是叫人绑起来的奴隶；可是感谢他把我的绳子咬断，因此现在我算是一个自由人了，可是我的名字却真是德洛米奥。

伊勤 我想你们两人一定还记得我。

小德洛米奥 老丈，我看见了你，只记得我们自己；刚才我们也像你一样给人捆起来的。你是不是也因为有精神病，被那品契诊治过？

伊勤 你们怎么看着我好像陌生人一般？你们应该认识我的。

小安提福勒斯 我从来不曾看见过你。

伊勤 唉！自从我们分别以后，忧愁已经使我大大变了样子，年纪老了，终日的懊恼在我的脸上刻下了难看的痕迹；可是告诉我，你还听得出我的声音吗？

小安提福勒斯 听不出。

错误的喜剧

伊勤 德洛米奥，你呢？

小德洛米奥 不，老丈，我也听不出。

伊勤 我想你一定听得出的。

小德洛米奥 我想我一定听不出；人家既然这样回答你，你也只好这样相信他们；因为你现在是个囚犯，诸事不能自主。

伊勤 听不出我的声音！啊，无情的时间！你在这短短的七年之内，已经使我的喉咙变得这样沙哑，连我唯一的儿子都听不出我的忧伤无力的语调来了吗？我的满是皱纹的脸上虽然盖满了霜雪一样的须发，我的周身的血脉虽然已经凝冻，可是我这暮景余年，还留着几分记忆，我这垂熄的油灯还闪着最后的微光，我这迟钝的耳朵还剩着一丝听觉，我相信我不会认错人的。告诉我你是我的儿子安提福勒斯。

小安提福勒斯 我生平没有见过我的父亲。

伊勤 可是在七年以前，孩子，你应该记得我们在叙拉古分别。也许我儿是因为看见我今天这样出乖露丑，不愿意认我。

小安提福勒斯 公爵殿下和这城里认识我的人，都可以为我证明你说的话不对，我生平没有到过叙拉古。

公爵 告诉你吧，叙拉古人，安提福勒斯在我手下已经二十年了，这二十年来，他从不曾去过叙拉古。我看你大概因为年老昏愦，吓糊涂了，才会这样瞎认人。

　　　　　　　住持尼偕大安提福勒斯及大德洛米奥上。

住持尼 殿下，请您看看一个受到冤屈的人。（众集视。）

阿德里安娜 我看见我有两个丈夫，难道是我的眼睛花了吗？

公爵 这两个人中间有一个是另外一个的灵魂；那两个也是一样。

究竟哪一个是本人，哪一个是灵魂呢？谁能够把他们分别出来？

大德洛米奥　老爷，我是德洛米奥，您叫他去吧。

小德洛米奥　老爷，我才是德洛米奥，请您让我留在这儿。

大安提福勒斯　你是伊勤吗？还是他的鬼？

大德洛米奥　嗳哟，我的老太爷，谁把您捆起来啦？

住持尼　不管是谁捆缚了他，我要替他松去绳子，赎回他的自由，也给我自己找到了一个丈夫。伊勤老头子，告诉我，你的妻子是不是叫做爱米利娅，她曾经给你一胎生下了两个漂亮的孩子？倘使你就是那个伊勤，那么你快回答你的爱米利娅吧！

伊勤　我倘不是在做梦，那么你真的就是爱米利娅了。你倘使真的是她，那么告诉我跟着你一起在那根木头上漂流的我那孩子在哪里？

住持尼　我们都给埃必丹农人救了起来，可是后来有几个凶恶的科林多渔夫把德洛米奥和我的儿子抢了去，留着我一个人在埃必丹农人那里。他们后来下落如何，我也不知道。我自己就像你现在看见我一样，出家做了尼姑。

公爵　啊，现在我记起他今天早上所说的故事了。这两个面貌相同的安提福勒斯，这两个难分彼此的德洛米奥，还有她说起的她在海里遇险的情形，原来他们两人就是这两个孩子的父母，在无意中彼此聚首了。安提福勒斯，你最初是从科林多来的吗？

大安提福勒斯　不，殿下，不是我；我是从叙拉古来的。

公爵　且慢，你们各自站开，我认不清楚你们究竟谁是谁。

错误的喜剧

小安提福勒斯　殿下，我是从科林多来的。

小德洛米奥　我是和他一起来的。

小安提福勒斯　殿下的伯父米那丰老殿下，那位威名远震的战士，把我带到了这儿。

阿德里安娜　你们两人哪一个今天跟我在一起吃饭的？

大安提福勒斯　是我，好嫂子。

阿德里安娜　你不是我的丈夫吗？

小安提福勒斯　不，他不是你的丈夫。

大安提福勒斯　我不是她的丈夫，可是她却这样称呼我；还有她的妹妹，这位美丽的小姐，她把我当作她的姊夫。（向露西安娜）要是我现在所见所闻，并不是一场梦景，那么我对你说过的话，希望能够成为事实。

安哲鲁　先生，那就是您从我手里拿去的项链。

大安提福勒斯　是的，我并不否认。

小安提福勒斯　尊驾为了这条项链，把我捉去吃官司。

安哲鲁　是的，我并不否认。

阿德里安娜　我把钱交给德洛米奥，叫他拿去把你保释出来；可是我想他没有把钱交给你。

小德洛米奥　不，我可没有拿到什么钱。

大安提福勒斯　这一袋钱是你交给我的跟班德洛米奥拿来给我的。原来我们彼此认错了人，所以闹了这许多错误。

小安提福勒斯　现在我就把这袋钱救赎我的父亲。

公爵　那可不必，我已经豁免了你父亲的死罪。

妓女　大爷，我那戒指您一定得还我。

小安提福勒斯　好，你拿去吧，谢谢你的招待。

住持尼 殿下要是不嫌草庵寒陋，请赏光小坐片刻，听听我们畅谈各人的经历；在这里的各位因为误会而受到种种牵累，也请一同进来，让我们向各位道歉。我的孩儿们，这三十三年我仿佛是在经历难产的痛苦，直到现在才诞生出你们这沉重的一胞双胎。殿下，我的夫君，我的孩儿们，还有你们这两个跟我的孩子一起长大、同甘共苦的童儿，大家来参加一场洗儿的欢宴，陪着我一起高兴吧。吃了这么多年的苦，现在是苦尽甘来了！

公爵 我愿意奉陪，参加你们的谈话。（公爵、住持尼、伊勤、妓女、商人乙、安哲鲁及侍从等同下。）

大德洛米奥 大爷，我要不要把您的东西从船上取来？

小安提福勒斯 德洛米奥，你把我的什么东西放在船上了？

大德洛米奥 就是您那些放在马人旅店里的货物哪。

大安提福勒斯 他是对我说话。我是你的主人，德洛米奥。来，咱们一块儿去吧，东西放着再说。你也和你的兄弟亲热亲热。（小安提福勒斯、大安提福勒斯、阿德里安娜、露西安娜同下。）

大德洛米奥 你主人家里有一个胖胖的女人，她今天吃饭的时候，把我当作你，不让我离开厨房；现在她可是我的嫂子，不是我的老婆了。

小德洛米奥 我看你不是我的哥哥，简直是我的镜子，看见了你，我才知道我自己是个风流俊俏的小白脸。你还不进去瞧他们庆祝吗？

大德洛米奥 那我可不敢；你是老大，应该先走呀。

小德洛米奥 这是个难题；怎样才能解决呢？

错误的喜剧

大德洛米奥　以后咱们再拈阄决定谁算老大吧；现在暂时请你
　　　　先走。

小德洛米奥　不，咱们既是同月同日同时生，就应该手挽着手儿，
　　　　大家有路一同行。（同下。）

驯悍记

剧中人物

贵族

克利斯朵夫·斯赖　补锅匠 ⎫
酒店主妇、小童、伶人、猎奴、从仆等 ⎬ 序幕中的人物

巴普提斯塔　帕度亚的富翁

文森修　披萨的老绅士

路森修　文森修的儿子，爱恋比恩卡者

彼特鲁乔　维洛那的绅士，凯瑟丽娜的求婚者

葛莱米奥 ⎫
霍坦西奥 ⎬ 比恩卡的求婚者

特拉尼奥 ⎫
比昂台罗 ⎬ 路森修的仆人

葛鲁米奥 ⎫
寇提斯 ⎬ 彼特鲁乔的仆人

老学究　假扮文森修者

凯瑟丽娜　悍妇 ⎫
比恩卡 ⎬ 巴普提斯塔的女儿
寡妇 ⎭

裁缝、帽匠及巴普提斯塔、彼特鲁乔两家的仆人

地 点

帕度亚；有时在彼特鲁乔的乡间住宅

序 幕

第一场　荒村酒店门前

女店主及斯赖上。

斯赖　我揍你!

女店主　把你上了枷、带了铐,你才知道厉害,你这流氓!

斯赖　你是个烂污货!你去打听打听,俺斯赖家从来不曾出过流氓,咱们的老祖宗是跟着理查万岁爷一块儿来的。给我闭住你的臭嘴;老子什么都不管。

女店主　你打碎了的杯子不肯赔我吗?

斯赖　不,一个子儿也不给你。骚货,你还是钻进你那冰冷的被窝里去吧。

女店主　我知道怎样对付你这种家伙;我去叫官差来抓你。(下。)

斯赖　随他来吧,我没有犯法,看他能把我怎样。是好汉决不逃

驯悍记

走，让他来吧。（躺在地上睡去。）

号角声。猎罢归来的贵族率猎奴及从仆等上。

贵族　猎奴，你好好照料我的猎犬。可怜的茂里曼，它跑得嘴唇边流满了白沫！把克劳德和那大嘴巴的母狗放在一起。你没看见锡尔佛在那篱笆角上，居然会把那失去了踪迹的畜生找到吗？人家就是给我二十镑，我也不肯把它转让出去。

猎奴甲　老爷，培尔曼也不比它差呢；它闻到一点点臭味就会叫起来，今天它已经两次发现猎物的踪迹。我觉得还是它好。

贵族　你知道什么！爱柯要是脚步快一些，可以抵得过二十条这样的狗哩。可是你得好好喂饲它们，留心照料它们。明天我还要出来打猎。

猎奴甲　是，老爷。

贵族　（见斯赖）这是什么？是个死人，还是喝醉了？瞧他有气没有？

猎奴乙　老爷，他在呼吸。他要不是喝醉了酒，不会在这么冷的地上睡得这么熟的。

贵族　瞧这蠢东西！他躺在那儿多么像一头猪！一个人死了以后，那样子也不过这样难看！我要把这醉汉作弄一番。让我们把他抬回去放在床上，给他穿上好看的衣服，在他的手指上套上许多戒指，床边摆好一桌丰盛的酒食，穿得齐齐整整的仆人侍候着他，等他醒来的时候，这叫化子不是会把他自己也忘记了吗？

猎奴甲　老爷，我想他一定想不起来他自己是个什么人。

猎奴乙　他醒来以后，一定会大吃一惊。

贵族　就像置身在一场美梦或空虚的幻想中一样。你们现在就把他抬起来，轻轻地把他抬到我的最好的一间屋子里，四周的墙壁上挂满了我那些风流的图画，用温暖的香水给他洗头，房间里熏起芳香的栴檀，还要把乐器预备好，等他醒来的时候，便弹奏起美妙的仙曲来。他要是说什么话，就立刻恭恭敬敬地低声问他，"老爷有什么吩咐？"一个仆人捧着银盆，里面盛着浸满花瓣的蔷薇水，还有一个人捧着水壶，第三个人拿着手巾，说，"请老爷净手。"那时另外一个人就拿着一身华贵的衣服，问他喜欢穿哪一件；还有一个人向他报告他的猎犬和马匹的情形，并且对他说他的夫人见他害病，心里非常难过。让他相信他自己曾经疯了；要是他说他自己是个什么人，就对他说他是在做梦，因为他是一个做大官的贵人。你们这样用心串演下去，不要闹得太过分，一定是一场绝妙的消遣。

猎奴甲　老爷，我们一定用心扮演，让他看见我们不敢怠慢的样子，相信他自己真的是一个贵人。

贵族　把他轻轻抬起来，让他在床上安息一会儿，等他醒来的时候，各人都按着各自的职分好好做去。（众抬斯赖下；号角声）来人，去瞧瞧那吹号角的是什么人。（一仆人下）也许有什么过路的贵人，要在这儿暂时歇脚。

　　　　　仆人重上。

贵族　啊，是谁？

仆人　启禀老爷，是一班戏子要来侍候老爷。

贵族　叫他们过来。

　　　　　众伶人上。

贵族　欢迎，列位！

驯悍记

155

众伶 多谢大人。

贵族 你们今晚想在我这里耽搁一夜吗？

伶甲 大人要是不嫌弃的话，我们愿意待候大人。

贵族 很好。这一个人很面熟，我记得他曾经扮过一个农夫的长子，向一位小姐求爱，演得很不错。你的名字我忘了，可是那个角色你演来恰如其份，一点不做作。

伶甲 您大概说的是苏多吧。

贵族 对了，你扮得很好。你们来得很凑巧，因为我正要串演一幕戏文，你们可以给我不少帮助。今晚有一位贵人要来听你们的戏，他生平没有听过戏，我很担心你们看见他那傻头傻脑的样子，会忍不住笑起来，那就要把他气坏了；我告诉你们，他只要看见人家微微一笑，就会发起脾气来的。

伶甲 大人，您放心好了。就算他是世上最古怪的人，我们也会控制我们自己。

贵族 来人，把他们领到伙食房里去，好好款待他们；他们需要什么，只要我家里有，都可以尽量供给他们。（仆甲领众伶下）来人，你去找我的童儿巴索洛缪，把他装扮做一个贵妇，然后带着他到那醉汉的房间里去，叫他做太太，须要十分恭敬的样子。你替我吩咐他，他的一举一动，必须端庄稳重，就像他看见过的高贵的妇女在她们丈夫面前的那种样子；他对那醉汉说话的时候，必须温柔和婉，也不要忘记了屈膝致敬；他应当说，"夫君有什么事要吩咐奴家，请尽管说出来，好让奴家稍尽一点做妻子的本份，表示一点对您的爱心。"然后他就装出很多情的样子把那醉汉拥抱亲吻，把头偎在他的胸前，眼睛里流着泪，假装是她的丈夫疯癫了好久。七年以来，始终把自己当作一个穷苦的讨人厌的叫化子，现在他眼看他丈夫清醒过来，所以快活得哭起来了。要是这孩子没有女人家随时淌眼泪的本领，只要用一棵胡葱包在手帕里，擦擦眼皮，眼泪就会来了。你对他说他要是扮演得好，我一定格外宠爱他。赶快就把这事情办好了，我还有别的事要叫你去做。（仆乙下）我知道这孩子一定会把贵妇的举止行动声音步态模仿得很像。我很想听一听他把那醉汉叫做丈夫，看看我那些下人们向这个愚蠢的乡人行礼致敬的时候，怎样努力禁住发笑；我必须去向他们关照一番，也许他们看见有我在面前，自己会有些节制，不致露出破绽来。（率余众同下。）

第二场　贵族家中卧室

　　斯赖披富丽睡衣，众仆持衣帽壶盆等环侍，贵族亦作仆人装束杂立其内。

斯赖　看在上帝的面上，来一壶淡麦酒！

仆甲　老爷要不要喝一杯白葡萄酒？

仆乙　老爷要不要尝一尝这些蜜饯的果子？

仆丙　老爷今天要穿什么衣服？

斯赖　我是克利斯朵夫·斯赖，别老爷长老爷短的。我从来不曾喝过什么白葡萄酒黑葡萄酒；你们倘要给我吃蜜饯果子，还是切两片干牛肉来吧。不要问我爱穿什么，我没有衬衫，只有一个光光的背；我没有袜子，只有两条赤裸裸的腿；

驯悍记

我的一双脚上难得有穿鞋子的时候，就是穿起鞋子来，我的脚趾也会钻到外面来的。

贵族 但愿上天给您扫除这一种无聊的幻想！真想不到像您这样一个有权有势、出身高贵、富有资财、受人崇敬的人物，会沾染到这样一个下贱的邪魔！

斯赖 怎么！你们把我当作疯子吗？我不是勃登村斯赖老头子的儿子克利斯朵夫·斯赖，出身是一个小贩，也曾学过手艺，也曾走过江湖，现在当一个补锅匠吗？你们要是不信，去问曼琳·哈基特，那个温考特村里卖酒的胖婆娘，看她认不认识我；她要是不告诉你们我欠她十四便士的酒钱，就算我是天下第一名说谎的坏蛋。怎么！我难道疯了吗？这儿是——

仆甲 唉！太太就是看了您这样子，才终日哭哭啼啼。

仆乙 唉！您的仆人们就是看了您这样子，才个个垂头丧气。

贵族 您的亲戚们因为您害了这种奇怪的疯病，才裹足不进您的大门。老爷啊，请您想一想您的出身，重新记起您从前的那种思想，把这些卑贱的恶梦完全忘却吧。瞧，您的仆人们都在侍候着您，各人等候着您的使唤。您要听音乐吗？听！阿波罗在弹琴了，（音乐）二十只笼里的夜莺在歌唱。您要睡觉吗？我们会把您扶到比古代王后特制的御床更为温香美软的卧榻上。您要走路吗？我们会给您在地上铺满花瓣。您要骑马吗？您有的是鞍辔上镶嵌着金珠的骏马。您要放鹰吗？您有的是飞得比清晨的云雀还高的神鹰。您要打猎吗？您的猪犬的吠声，可以使山谷响应，上彻云霄。

仆甲 您要狩猎吗？您的猎犬奔跑得比麋鹿还要迅捷。

仆乙 您爱观画吗？我们可以马上给您拿一幅阿都尼的画像来，他站在流水之旁，西塞利娅隐身在芦苇里①，那芦苇似乎因为受了她气息的吹动，在那里摇曳生姿一样。

贵族 我们可以给您看那处女时代的伊俄②怎样被诱遇暴的经过，那情形就跟活的一样。

仆丙 或是在荆棘林中漫步的达芙妮，她腿上为棘刺所伤，看上去就真像在流着鲜血；伤心的阿波罗瞧了她这样子，不禁潜然泪下；那血和泪都被画工描摹得栩栩如生。

贵族 您是一个不折不扣的贵人；您有一位太太，比世上任何一个女子都要美貌万倍。

仆甲 在她没有因为您的缘故而让滔滔的泪涛流满她那可爱的面庞之前，她是一个并世无俦的美人，即以现在而论，她也不比任何女人逊色。

斯赖 我是一个老爷吗？我有这样一位太太吗？我是在做梦，还是到现在才从梦中醒来？我现在并没有睡着；我看见，我听见，我会说话；我嗅到一阵阵的芳香，我抚摸到柔软的东西。哎呀，我真的是一个老爷，不是补锅匠，也不是克利斯朵夫·斯赖。好吧，你们去给我把太太请来；可别忘记再给我倒一壶最淡的麦酒来。

仆乙 请老爷洗手。（数仆侍壶盆手巾上前）啊，您现在已经恢复神智，知道您自己是个什么人，我们真是说不出的高兴！这十五年来，您一直在做梦，就是醒着的时候，也跟睡着

---

①阿都尼（Adonis），希腊神话中被维纳斯女神所恋之美少年；西塞利娅为维纳斯的别名。

②伊俄（Lo），希腊神话中被天神宙斯所诱奸之女子。

一样。

斯赖 这十五年来！哎呀，这一觉可睡得长久！可是在那些时候我不曾说过一句话吗？

仆甲 啊，老爷，您话是说的，不过都是些胡言乱语；虽然您明明睡在这么一间富丽的房间里，您却说您给人家打出门外，还骂着那屋子里的女主人，说要上衙门告她去，因为她拿缸子卖酒，不按官家的定量。有时候您叫着西息莉·哈基特。

斯赖 不错，那是酒店里的一个女侍。

仆丙 嗳哟，老爷，您几时知道有这么一家酒店，这么一个女人？您还说起过什么史蒂芬·斯赖，什么希腊人老约翰·拿普斯，什么彼得·忒夫，什么亨利·品布纳尔，还有一二十个诸如此类的名字，都是从来不曾有过、谁也不曾看见过的人。

斯赖 感谢上帝，我现在醒过来了！

众仆 阿门！

斯赖 谢谢你们，等会儿我重重有赏。

小童扮贵妇率侍从上。

小童 老爷，今天安好？

斯赖 喝好酒，吃好肉，当然很好罗。我的老婆呢？

小童 在这儿，老爷，您有什么吩咐？

斯赖 你是我的老婆，怎么不叫我丈夫？我的仆人才叫我老爷。我是你的亲人。

小童 您是我的夫君，我的主人；我是您的忠顺的妻子。

斯赖 我知道。我应当叫她什么？

贵族 夫人。

斯赖 艾丽丝夫人呢，还是凉夫人？

贵族 夫人就是夫人，老爷们都是这样叫着太太的。

斯赖 夫人太太，他们说我已经做了十五年以上的梦。

小童 是的，这许多年来我不曾和您同床共枕，在我就好像守了三十年的活寡。

斯赖 那真太委屈了你啦。喂，你们都给我走开。夫人，宽下衣服，快到床上来吧。

小童 老爷，请您想我这一两夜，否则就等太阳西下以后吧。医生们曾经关照过我，叫我暂时不要跟您同床，免得旧病复发。我希望这一个理由可以使您原谅我。

斯赖 我实在有些等不及，可是我不愿意再做那些梦，所以只好忍住欲火，慢慢再说吧。

　　　　　一仆人上。

仆人 启禀老爷，那班戏子们听见贵体痊愈，想来演一出有趣的喜剧给您解解闷儿。医生说过，您因为思虑过度，所以血液停滞；太多的忧愁会使人发狂，因此他们以为您最好听听戏开开心，这样才可以消灾延寿。

斯赖 很好，就叫他们演起来吧。你说的什么喜剧，可不就是翻翻斤斗、蹦蹦跳跳的那种玩意儿？

小童 不，老爷，比那要有趣得多呢。

斯赖 什么！是家里摆的玩意儿吗？

小童 他们表演的是一桩故事。

斯赖 好，让我们瞧瞧。来，夫人太太，坐在我的身边，让我们享受青春，管他什么世事沧桑！（喇叭奏花腔。）

驯悍记

第一幕

第一场　帕度亚。广场

路森修及特拉尼奥上。

路森修　特拉尼奥，我久慕帕度亚是人文渊薮，学术摇篮，这次多蒙父亲答应，并且在像你这样一位练达世故的忠仆陪同之下，终于来到了这景物优胜的名都。让我们就在这里停留下来，访几个名师益友，研究些有用的学问。披萨城出过不少有名人士，我和我父亲都是在那里诞生的；我父亲文森修是班提佛里家族的后裔，他五湖四海经商立业，积聚了不少家财。我自己是在弗罗棱萨长大成人的，现在必须勤求上进，敦品力学，方才不致辱没家声。所以，特拉尼奥，我想把我的时间用在研究哲学和做人的道理上，在修身养志的功夫里寻求我的乐趣，因为我离开披萨，来到帕度亚，就像一个人从清浅的池沼里踊身到汪洋大海中，希望满足他的焦渴一样。你的意思怎样？

特拉尼奥　恕我冒昧，好少爷，我对这一切的想法都和您一样；您能够立志在哲学里寻求至道妙理，使我听了非常高兴；可是少爷，我们一方面向慕着仁义道德，一方面却也不要板起一副不近人情的道学面孔，不要因为一味服膺亚理斯多德的箴言，而把奥维德的爱经深恶痛绝。您在相识的面前，不妨运用逻辑和他们滔滔雄辩；日常谈话的中间，也可以练习练习修辞学；音乐和诗歌可以开启您的心灵；您要是胃口好的时候，研究研究数学和形而上学也未始不可。学问必须合乎自己的兴趣，方才可以得益，所以，少爷，您尽管拣您最喜欢的东西研究吧。

路森修　特拉尼奥，你这番话说得非常有理。等比昂台罗来了，我们就可以去找一个适当的寓所，将来有什么朋友也可以在那里招待招待。且慢，那边来的是些什么人？

特拉尼奥　少爷，大概这里的人知道我们来了，所以要演一场戏给我们看，表示他们的欢迎。

　　　　巴普提斯塔、凯瑟丽娜、比恩卡、葛莱米奥、霍坦西奥同上。路森修及特拉尼奥避立一旁。

巴普提斯塔　两位先生，你们不必向我多说，因为你们知道我的意思是非常坚决的。我必须先让我的大女儿有了丈夫以后，方才可以把小女儿出嫁。你们两位中间倘有哪一位喜欢凯瑟丽娜，那么你们两位都是熟人，我也很敬重你们，我一定答应你们向她求婚。

葛莱米奥　求婚？哼，还不如送她上囚车；我可吃她不消。霍坦

驯悍记

西奥，你娶了她吧。

凯瑟丽娜　（向巴普提斯塔）爸爸，你是不是要让我给这两个臭男
人取笑？

霍坦西奥　姑娘，您放心吧，像您这样厉害的女人，无论哪个臭
男人都会给您吓走的。

凯瑟丽娜　先生，你也放心吧，她是不愿嫁给你的；可是她要是
嫁了你，她会用三只脚的凳子打破你的鼻头，把你涂成花
脸叫人笑话的。

霍坦西奥　求上帝保佑我们逃过这种灾难！

葛莱米奥　阿门！

特拉尼奥　少爷，咱们有好戏看了。那个女人倘不是个疯子，倒
泼辣得可以。

路森修　可是还有那一位不声不响的姑娘，却很贞静幽娴。别说
话了，特拉尼奥！

特拉尼奥　很好，少爷，咱们闭住嘴看个饱。

巴普提斯塔　两位先生，我刚才说过的话决不失信，——比恩
卡，你进去吧；你不要懊恼，好比恩卡，爸爸疼你，我的
好孩子。

凯瑟丽娜　好心肝，好宝贝！她要是机灵的话，还是自己拿手指
捅捅眼睛，回去哭一场吧。

比恩卡　姊姊，你尽管看着我的懊恼而高兴吧。爸爸，我一切都
听您的主张，我可以在家里看看书，玩玩乐器解闷。

路森修　特拉尼奥，你听！好一个贤淑的姑娘！

霍坦西奥　巴普提斯塔先生，您为什么一定这样固执？我们本来
是一片好意，不料反而害得比恩卡小姐心里不快乐，真是

抱歉得很。

葛莱米奥 巴普提斯塔先生，您难道要她代人受过，因为您那位大令嫒的悍声四播，而把她终身禁锢吗？

巴普提斯塔 请你们不要见怪，我已经这样决定了。比恩卡，进去吧。（比恩卡下）我知道她喜欢音乐诗歌，正想请一位教师在家教授。霍坦西奥先生，葛莱米奥先生，你们要是知道有这样适当的人才，请介绍他到这儿来；我因为希望我的孩子们得到良好的教育，对于有才学的人是竭诚欢迎的。再会，两位先生。凯瑟丽娜，你可以在这儿多玩一会儿；我还要去跟比恩卡说两句话。（下。）

凯瑟丽娜 什么，难道我就不可以进去？难道我就得听人家安排时间，仿佛自己连要什么不要什么都不知道吗？哼！（下。）

葛莱米奥 你到魔鬼的老娘那里去吧！你的盛情没有人敢领教，谁也不会留住你的。霍坦西奥先生，女人的爱也不是大不了的事，现在你我同病相怜，大家还是回去自认晦气，把这段痴情斩断了吧。可是为了我对于可爱的比恩卡的爱慕，要是我能够找到一个可以教授她功课的人，我一定要把他介绍给她的父亲。

霍坦西奥 葛莱米奥先生，我也是这样的意思。可是我说我们两人虽然站在互相敌对的立场，然而为了共同的利害，在一件事情上我们应当携手合作，否则恐怕我们就是再要为了比恩卡的爱而成为情敌的机会也没有了。

葛莱米奥 愿闻其详。

霍坦西奥 简简单单一句话，给她的姊姊找一个丈夫。

葛莱米奥 找个丈夫！还是找个魔鬼给她吧。

驯悍记

165

霍坦西奥 我说，给她找个丈夫。

葛莱米奥 我说给她找个魔鬼。霍坦西奥，虽然她的父亲那么有钱，你以为竟有那样一个傻子，愿意娶个活阎罗供在家里吗？

霍坦西奥 嘿，葛莱米奥！我们虽然受不了她那种打骂吵闹，可是世上尽有胃口好的人，看在金钱面上，会把她当作活菩萨一样迎了去的。

葛莱米奥 那我可不知道。可是我要是贪图她的嫁奁，我宁愿每天给人绑在柱子上抽一顿鞭子，作为娶她回去的交换条件。

霍坦西奥 正像人家说的，两只坏苹果之间，没有什么选择。可是这一条禁令既然已经使我们两人成为朋友，那么让我们的交情暂时继续下去，直到我们帮助巴普提斯塔把他的大女儿嫁出去，让他的小女儿也有了嫁人的机会以后，再做起敌人来吧。可爱的比恩卡！不知道哪一个幸运儿捷足先登！葛莱米奥先生，你说怎样？

葛莱米奥 我很赞成。要是能够找到那么一个人，我愿意把帕度亚最好的马送给他，让他立刻前去求婚，赶快和她结婚睡觉，把她早早带走。我们走吧。（葛莱米奥、霍坦西奥同下。）

特拉尼奥 少爷，请您告诉我，难道爱情会这么快就把一个人征服吗？

路森修 啊，特拉尼奥！倘不是我自己今天亲身经历，我决不相信这样的事是可能的。当我在这儿闲望着他们的时候，我却在无意中感到了爱情的力量。特拉尼奥，你是我的心腹，正像安娜是她姐姐迦太基女王狄多的心腹一样，我坦白向你招认了吧，要是我不能娶这位年轻的贞淑的姑娘做妻子，我一定会被爱情燃烧得憔悴而死的。给我想想法子吧，特拉尼奥，我知道你一定能够也一定肯帮助我的。

特拉尼奥　少爷，我现在也不能责怪您，因为爱情进了人的心里，是打骂不走的。它既然到了您的身上，就会占有您的一切。您既然已经爱上了，事情就只好如此，唯一的途径是想个最便宜的方法如愿以偿。

路森修　谢谢你，再说下云吧。你的话很有道理，句句说中我的心意。

特拉尼奥　少爷，您那样出神地望着这位姑娘，恐怕没有注意到最重要的一点。

路森修　不，我没有把它忽略过去；我看见她那秀美的容颜，就是天神看见了她，也会向她屈膝长跪，请求她准许他吻一吻她的纤手的。

特拉尼奥　此外您没有注意到什么吗？您没有听见她那姊姊怎样破口骂人，大大地闹了一场，把人家耳朵都嚷聋了吗？

路森修　特拉尼奥，我看见她的樱唇微启，她嘴里吐出的气息，把空气都熏得充满了麝兰的香味。我看见她的一切都是圣洁而美妙的。

特拉尼奥　他已经着了迷了，我必须把他叫醒。少爷，请您醒醒吧；您要是爱这姑娘，就该想法把她弄到手里。事情是这样的：她的姊姊是个泼辣凶悍的女子，除非她的父亲先把她姊姊嫁出去，那么少爷，您的爱人只好待在家里做个老处女；他因为不愿让那些求婚的人向她麻烦，所以已经把她关起来不让她出来了。

路森修　啊，特拉尼奥！他真是个狠心的父亲！可是你没有听说他正在留心为她访寻一个好教师吗？

特拉尼奥　是的，少爷，我正在这上面想法子呢。

路森修　我有了计策了，特拉尼奥。

特拉尼奥　妙极了，也许我们不谋而合。

路森修　你先说吧。

特拉尼奥　我知道您想去做她的教书先生。

路森修　是啊，你看这件事可做得到？

特拉尼奥　做不到；您去做了教书先生，有谁替您在这儿帕度亚充当文森修的公子？有谁可以替您主持家务，研究学问，招待朋友，访问邻里，宴请宾客？

路森修　不要紧，我已经仔细想过了。我们初到此地，还不曾到什么人家里去过，人家也不认识我们两人谁是主人谁是仆人，所以我想这样：你就顶替我的名字，代我主持家务，指挥仆人；我自己改名换姓，扮做一个从弗罗棱萨、那不勒斯或是披萨来的穷苦书生。就这么办吧。特拉尼奥，你快快脱下衣服，戴上我的华贵的帽子，披上我的外套。等比昂台罗来了，就叫他侍候你；可是我还要先嘱咐他说话小心些。（二人交换服装。）

特拉尼奥　那是很必要的。少爷，既然这是您的意思，我也只好从命，因为在我们临走的时候，老爷曾经吩咐过我，"你要听少爷的话，用心做事，"虽然我想他未必想到会有今天的情形；可是因为我敬爱路森修，所以我愿意自己变成路森修。

路森修　很好，特拉尼奥，因为路森修正在恋爱着一个人。她那惊鸿似的一面，已经摄去了我的魂魄；为了博取她的芳心，我甘心做一个奴隶。这狗才来了。

　　　　　　比昂台罗上。

路森修　喂，你到什么地方去了？

比昂台罗　我到什么地方去了！咦，怎么，您在什么地方？少爷，是特拉尼奥把您的衣服偷了呢，还是您把他的衣服偷了？还是两个人你偷我的我偷你的？究竟是怎么一回事呀？

路森修　你过来，我对你说，现在不是说笑话的时候，你好好听我的话。我上岸以后，因为跟人家吵架，杀死了一个人，恐怕被人看见，所以叫特拉尼奥穿上我的衣服，假扮做我的样子，我自己穿了他的衣服逃走。为了保全性命，我只好离开你们，你要好好侍候他，就像侍候我自己一样，你懂了吗？

比昂台罗　少爷，我一点都不懂！

路森修　你嘴里不许说出一声特拉尼奥来，特拉尼奥已经变成路森修了。

比昂台罗　算他运气，我也这样变一变就好了！

特拉尼奥　我更希望路森修能够得到巴普提斯塔的小女儿。可是我要劝你无论在什么人面前，都要规规矩矩，在私下我是特拉尼奥，当着人我就是你的主人路森修；这并不是我要在你面前摆什么架子，我只是为少爷的好处着想。

路森修　特拉尼奥，我们去吧。我还要你做一件事，你也必须去做一个求婚的人，你不必问为什么，总之我自有道理。（同下。）

　　　　　　舞台上方观剧者的谈话。

驯悍记

169

仆甲　老爷，您在瞌睡了，您没有听戏吗？

斯赖　不，我在听着。好戏好戏，下面还有吗？

小童　还刚开始呢，夫君。

斯赖　是一本非常的杰作，夫人；我希望它快些完结！（继续看戏。）

第二场　同前。霍坦西奥家门前

彼特鲁乔及葛鲁米奥上。

彼特鲁乔　我暂时离开了维洛那，到帕度亚来访问朋友，尤其要看看我的好朋友霍坦西奥；他的家大概就在这里，葛鲁米奥，……上去，打。

葛鲁米奥　打，老爷！叫我打谁？有谁冒犯您了吗？

彼特鲁乔　混蛋，我说向这儿打，好好地给我打。

葛鲁米奥　好好地给您打，老爷！嗳哟，老爷，小人哪里有这胆量，敢向您这儿打？

彼特鲁乔　混蛋，我说给我打门，给我使劲儿打，不然我就要打你几个耳光。

葛鲁米奥　主人又闹脾气了。您叫我先打您，就为的是让我事后领略谁尝的苦处更多。

彼特鲁乔　你还不听吗？你要不肯打，我就敲敲看，我倒要敲敲你这面锣，看到底有多响。（揪葛鲁米奥耳朵。）

葛鲁米奥　救人，列位乡亲们，救人！我主人疯了。

彼特鲁乔　我叫你打你就打，混账东西。

霍坦西奥上。

霍坦西奥 啊，我道是谁，原来是我的老朋友葛鲁米奥！还有我的好朋友彼特鲁乔！你们在维洛那都好？

彼特鲁乔 霍坦西奥先生，你是来劝架的吗？真是得瞻尊颜，三生有幸。

霍坦西奥 光临敝舍，蓬荜生辉，可敬的彼特鲁乔先生，起来吧，葛鲁米奥，起来吧，我叫你们两人言归于好。

葛鲁米奥 哼，他咬文嚼字地说些什么都没关系，老爷。就是按法律，我这回也有理由辞掉不干了。您知道吗，老爷？他叫我打他，使劲地打他，老爷。可是，仆人哪里有这样欺侮主人的呢，虽然他糊里糊涂，也总是二十来岁的大个子了。我倒恨不得当初真老实打他几下，这会儿就不会吃这个苦头了。

彼特鲁乔 没脑筋的混蛋。霍坦西奥，我叫他上去打门，可是死说活说他也不肯。

葛鲁米奥 打门？我的老天爷呀！您不是明明说："狗才，向这儿打，向这儿敲，好好地给我打，使劲地给我打"吗？这会儿又说起"打门"来了吗？

彼特鲁乔 狗才，听我告诉你，滚蛋，要不然趁早住口。

霍坦西奥 彼特鲁乔，别生气。我可以给葛鲁米奥担保，你这个葛鲁米奥是一个服侍你多年的仆人，忠实可靠，很有风趣。刚才的事完全是出于误会。可是，告诉我，好朋友，是哪一阵好风把你们从维洛那吹到帕度亚来了？

彼特鲁乔 因为年轻人倘不在外面走走，老是待在家里，孤陋寡闻，终非长策，所以风才把我吹到这儿来了。不瞒你说，

驯悍记

霍坦西奥，家父安东尼奥已经不幸去世，所以我才到这异乡客地，想要物色一位妻房，成家立业；我袋里有的是钱，家里有的是财产，闲着没事，出来见见世面也好。

霍坦西奥　彼特鲁乔，你既然想娶一个妻子，我倒想起一个人来了；可惜她脾气太坏，又长得难看，我想你一定不会中意；不过我可以向你保证她很有钱；可是因为你是我的好朋友，我还是不要把她介绍给你的好。

彼特鲁乔　霍坦西奥，咱们是知己朋友，用不着多说废话。如果你真认识什么女人，财富多到足以作彼特鲁乔的妻子，那么既然我的求婚主要是为了钱，无论她怎样淫贱老丑，泼辣凶悍，我都一样欢迎；尽管她的性子暴躁得像起着风浪的怒海，也不能影响我对她的好感，只要她的嫁奁丰盛，我就心满意足了。

葛鲁米奥　霍坦西奥大爷，你听，他说的都是老老实实的真心话，只要有钱，就是把一个木人泥偶给他做妻子他也要；倘然她是一个满嘴牙齿落得一个不剩的老太婆，浑身病痛有五十二匹马合起来那么多，他也满不在乎，可就是得有钱。

霍坦西奥　彼特鲁乔，我们既然已经谈起了这件事，那么我要老实告诉你，我刚才说的话，一半是笑话。彼特鲁乔，我可以帮助你娶到一位妻子，又有钱，又年轻，又美貌，而且还受过良好的教育；她就是有一个很大的缺点，脾气非常之坏，撒起泼来，谁也吃她不消，即使我是个身无立锥之地的穷光蛋，她愿意倒贴一座金矿嫁给我，我也要敬谢不敏的。

彼特鲁乔 算了吧，霍坦西奥，你可不知道金钱的好处哩。我只要你告诉我她父亲的名字就够了。尽管她骂起人来像秋天的雷鸣一样震耳欲聋，我也要把她娶了回去。

霍坦西奥 她的父亲是巴普提斯塔·米诺拉，是一位彬彬有礼的绅士；她的名字叫做凯瑟丽娜·米诺拉，在帕度亚以善于骂人出名。

彼特鲁乔 我虽然不认识她，可是我认识她的父亲，他和先父也是老朋友。霍坦西奥，我要是不见她一面，我会睡不着觉的，所以我要请你恕我无礼，匆匆相会，又要向你告别了。要是你愿意陪着我去，那可再好没有了。

葛鲁米奥 霍坦西奥大爷，您让他趁着这股兴致就去吧。说句老实话，她要是也像我一样了解他，她就会明白对于像他这样的人，骂死也是白骂。她也许会骂他一二十声死人杀千刀，可是那算得了什么，他要是开口骂起人来，说不定就会亮家伙。我告诉您吧，她要是顶撞了他，他会随手给她一下子，把她眼睛堵死，什么都看不见。您还没有知道他呢。

霍坦西奥 等一等，彼特鲁乔，我要跟你同去。因为在巴普提斯塔手里还有一颗无价的明珠，他的美丽的小女儿比恩卡，她是我生命中最珍贵的东西，可是巴普提斯塔却把她保管得非常严密，不让向她求婚的人们有亲近她的机会。他恐怕凯瑟丽娜有了我刚才说过的那种缺点，没有人愿意向她求婚，所以一定要让凯瑟丽娜这泼妇嫁了人以后，方才允许人家向比恩卡提起亲事。

葛鲁米奥 凯瑟丽娜这泼妇！一个姑娘家，什么头衔不好，一定

驯悍记

要加上这么一个头衔！

霍坦西奥　彼特鲁乔，我的好朋友，现在我要请求你一件事。我想换上一身朴素的服装，扮成一个教书先生的样子，请你把我举荐给巴普提斯塔，就说我精通音律，可以做比恩卡的教师。我用了这个计策，就可以有机会向她当面求爱，不致于引起人家的疑心了。

葛鲁米奥　好狡猾的计策！瞧，现在这班年轻人瞒着老年人干的好事！

葛莱米奥、路森修化装挟书上。

葛鲁米奥　大爷，大爷，您瞧谁来啦？

霍坦西奥　别闹，葛鲁米奥！这是我的情敌。彼特鲁乔，我们站到旁边去。

葛鲁米奥　好一个卖弄风流的哥儿！

葛莱米奥　啊，很好，我已经看过那张书单了。听着，先生。我就去叫人把它们精工装订起来；必需注意每一本都是讲恋爱的，其他什么书籍都不要教她念。你懂得我的意思吗？巴普提斯塔先生给你的待遇当然不会错的，就是我也还要给你一份谢礼哩。把这张纸也带去。我还要叫人把这些书熏得香喷喷的，因为她自己比任何香料都要芬芳。你预备读些什么东西给她听？

路森修　我无论向她读些什么，都是代您申诉您的心曲，就像您自己在她面前一样；而且也许我所用的字句，比您自己所用的更为适当，也未可知，除非您也是一个读书人，先生。

葛莱米奥　啊，学问真是好东西！

葛鲁米奥　啊，这家伙真是傻瓜！

彼特鲁乔　闭嘴，狗才！

霍坦西奥　葛鲁米奥，不要多话。葛莱米奥先生，您好！

葛莱米奥　咱们遇见得巧极了，霍坦西奥先生。您知道我现在到什么地方去吗？我是到巴普提斯塔他家里去的。我答应他替比恩卡留心访寻一位教师，算我运气，找到了这位年轻人，他的学问品行，都可以说得过去，他读过不少诗书，而且都是很好的诗书哩。

霍坦西奥　那好极了。我也遇到一位朋友，他答应替我找一位很好的声乐家来教她音乐，我对于我那心爱的比恩卡总算也尽了责任了。

葛莱米奥　我可以用我的行为证明，比恩卡是我心爱的人。

葛鲁米奥　他也可以用他的钱袋证明。

霍坦西奥　葛莱米奥，现在不是我们争风吃醋的时候，你要是对我客客气气，我可以告诉你一个好消息，对于我们两人都是一样有好处的。这位朋友我刚才偶然遇到，他已经答应愿意去向那泼妇凯瑟丽娜求婚，而且只要她的嫁奁丰盛，他就可以和她结婚。

葛莱米奥　这当然很好，可是霍坦西奥，你有没有把她的缺点告诉他？

彼特鲁乔　我知道她是一个喜欢吵吵闹闹的长舌妇，倘然她只有这一点毛病，那我以为没有什么要紧。

葛莱米奥　你说没有什么要紧吗，朋友？请教贵乡？

彼特鲁乔　舍间是维洛那，已故的安东尼奥就是家父。我因为遗产颇堪温饱，所以很想尽情玩玩，过些痛痛快快的日子。

葛莱米奥　啊，你要过痛快的日子，却去找这样一位妻子，真是

驯悍记

奇怪！可是你要是真有那样的胃口，那么我是非常赞成你去试一试的，但凡有可以效劳之处，请老兄尽管吩咐好了。可是你真的要向这头野猫求婚吗？

彼特鲁乔 那还用得着问吗？

葛鲁米奥 他要不向她求婚，我就把她绞死。

彼特鲁乔 我倘不是为了这一件事情，何必到这儿来？你们以为一点点的吵闹，就可以使我掩耳退却吗？难道我不曾听见过狮子的怒吼？难道我不曾听见过海上的狂风暴浪，像一头疯狂的巨熊一样咆哮？难道我不曾听见过战场上的炮轰，天空中的霹雳？难道我不曾在白刃相交的激战中，听见过震天的杀声，万马的嘶奔，金鼓的雷鸣？你们现在却向我诉说女人的口舌如何可怕；就是把一枚栗子丢在火里，那爆声也要比它响得多吧。嘿，你们想捉了个跳蚤来吓小孩子吗？

葛鲁米奥 反正他是不害怕的。

葛莱米奥 霍坦西奥，这位朋友既然不以为意，那就再好也没有了，他自己既然人财两得，而且也帮了我们很大的忙。

霍坦西奥 他所需要的一切求婚费用，就归我们两个人共同担负吧。

葛莱米奥 很好，只要他能够娶她回去。

葛鲁米奥 只要我能够吃饱肚皮。

特拉尼奥盛装偕比昂台罗上。

特拉尼奥 列位先生请了！我要大胆借问一声，到巴普提斯塔·米诺拉先生家里去打哪一条路走最近？

比昂台罗 您说的就是有两位漂亮小姐的那位老先生吗？

176

特拉尼奥　　就是他，比昂台罗。

葛莱米奥　　先生，您说的不就是她——

特拉尼奥　　也许是他，也许是她，这和你有什么相干？

彼特鲁乔　　大概不是爱骂人的那个她吧？

特拉尼奥　　先生，我不爱骂人的人。比昂台罗，我们走吧。

路森修　　（旁白）特拉尼奥，你装扮得很好。

霍坦西奥　　先生，请您慢走一步。请问您也是要去向您刚才说起
　　　　的那位小姐求婚的吗？

特拉尼奥　　假如我是去求婚的，那不会有什么罪吧？

葛莱米奥　　只要你乖乖地给我回去，那就什么事都没有。

特拉尼奥　　咦，我倒要请问，官塘大路，你走得我就走不得？

葛莱米奥　　她可不用你多费心。

特拉尼奥　　这是什么理由？

葛莱米奥　　告诉你吧，因为她是葛莱米奥大爷的爱人。

霍坦西奥　　因为她是霍坦西奥大爷的意中人。

特拉尼奥　　两位先生少安毋躁，你们倘然都是通达事理的君子，
　　　　请听我说句话儿。巴普提斯塔是一位有名望的绅士，我的
　　　　父亲和他也是素识，他的女儿就是再美十倍，也应该有比
　　　　现在更多十倍的男子向她求婚，为什么我就不能在其中参
　　　　加一份呢？勒达①的美貌的女儿有一千个求婚者，那么美
　　　　貌的比恩卡为什么不能在她原有的求婚者之外，再加上一
　　　　个呢？虽然帕里斯希望鳌头独占，路森修却也要参加这一
　　　　场竞赛。

---

①勒达（Leda），古代斯巴达王后，宙斯与之通而生海伦。

驯悍记

葛莱米奥 啊，这个人的口才会把我们全都压倒哩。

路森修 让他试试身手吧，我知道他会临阵怯退的。

彼特鲁乔 霍坦西奥，你们这样尽说废话，有什么意思？

霍坦西奥 请问尊驾有没有见过巴普提斯塔的女儿？

特拉尼奥 没有，可是我听说他有两个女儿，大的那个是出名的泼辣，小的那个是出名的美貌温文。

彼特鲁乔 诸位，那个大的已经被我定下了，你们不用提她。

葛莱米奥 对了，这一份艰巨的工作，还是让我们伟大的英雄去独力进行吧。

彼特鲁乔 新来的朋友，让我告诉你，你听人家说起的那个小女儿，被她的父亲看管得非常严紧，在他的大女儿没有嫁人以前，他拒绝任何人向他的小女儿求婚，也不愿意把她许嫁给任何人。

特拉尼奥 这样说来，那么我们都要仰仗尊驾的大力，就是小弟也要沾您老兄的光了。您要是能够娶到他的大女儿，给我们开辟出一条路来，好让我们有机会争取他的小女儿，无论这一场幸运落在哪一个人身上，对您老兄总是一样终生感激的。

霍坦西奥 您说得有理，既然您说您自己也是一个求婚者，那么您对于这位朋友也该给他一些酬报才是，因为我们大家都是一样仰赖着他。

特拉尼奥 这没有问题，为了表示我的诚意，我想就在今天下午，请在场各位，大家在一块儿欢宴一次，恭祝我们共同的爱人的健康。我们应该像法庭上打官司的律师，在竞争的时候是冤家对头，在吃吃喝喝的时候还是像好朋友一样。

葛鲁米奥、比昂台罗　妙极妙极！咱们大家走吧。

霍坦西奥　这建议果然很好．就这样决定吧。彼特鲁乔，让我来
　　给你洗尘，款待款待你。（同下。）

驯悍记

第二幕

第一场　帕度亚。巴普提斯塔家中一室

凯瑟丽娜及比恩卡上。

比恩卡　好姊姊，我是你的亲妹妹，不要把我当作婢子奴才一样看待。你要是不喜欢我身上穿戴的东西，那么请你松开我手上的捆缚，我会自己把它们拿下来的；只要你吩咐我，我把裙子脱下来都可以；你要我怎么做，我就怎么做，因为你是姊姊，我是应该服从你的。

凯瑟丽娜　那么我要问你，在那些向你求婚的男人中间，你最爱哪一个？你可不许说谎。

比恩卡　相信我，姊姊，在一切男子中间，我到现在还没有遇到一个特别中我心意的人。

凯瑟丽娜　丫头，你说谎！是不是霍坦西奥？

比恩卡　姊姊，你要是喜欢他，我可以发誓我一定竭力帮助你得到他。

凯瑟丽娜　噢，那么你大概希望嫁到一个比霍坦西奥更有钱的人；你要葛莱米奥把你终生供养吗？

比恩卡　你是为了他才这样恨我吗？不，你是说着玩的；我现在知道了，你刚才的话原来都是说着玩的。凯德好姊姊，请你松开我的手吧。

凯瑟丽娜　你说我说着玩、我就打着你玩。（打比恩卡。）

　　　　　　　巴普提斯塔二。

巴普提斯塔　怎么，怎么，这丫头！又在撒泼吗？比恩卡，你站开些。可怜的孩子！你看，她给你欺侮得哭起来了。你去做你的针线活儿吧，别理她。你这恶鬼一样的贱人！她从来不曾惹过你，你怎么又欺侮她了？她什么时候顶撞过你一句？

凯瑟丽娜　她嘴里一声不响，心里却瞧不起我；我气不过，非叫她知道些厉害不可。（追比恩卡。）

巴普提斯塔　怎么，当着我的面你也敢这样放肆吗？比恩卡，你快进去。（比恩卡下。）

凯瑟丽娜　啊！你不让我打她吗？好，我知道了，她是你的宝贝，她一定要嫁个好丈夫；我就只好在她结婚的那一天光着脚跳舞，因为你偏爱她的缘故，我一辈子也嫁不出去，死了在地狱里也只能陪猴子玩。不要跟我说话，我要去找个地方坐下来痛哭一场。你看着吧，我总有一天要报仇的。（下。）

巴普提斯塔　世上还有比我更倒霉的父亲吗？可是谁来了？

　　　　　　　葛莱米奥率路森修作寒士装束、彼特鲁乔率霍坦西奥

181

化装乐师、特拉尼奥率比昂台罗携七弦琴及书籍各上。

葛莱米奥　早安，巴普提斯塔先生！

巴普提斯塔　早安，葛莱米奥先生！各位先生，你们都好？

彼特鲁乔　您好，老先生。请问，您不是有一位美貌贤德的令嫒名叫凯瑟丽娜吗？

巴普提斯塔　先生，我有一个小女名叫凯瑟丽娜。

葛莱米奥　你说话太莽撞了，要慢慢地说到题目上去。

彼特鲁乔　葛莱米奥先生，请你不用管我。巴普提斯塔先生，我是从维洛那来的一个绅士，因为久闻令嫒美貌多才，端庄贤淑，品格出众，举止温柔，所以不揣冒昧，到府上来做一个不速之客，瞻仰瞻仰这位心仪已久的绝世佳人。为了表示我的寸心起见，我特地介绍这位朋友给您，（介绍霍坦西奥）他熟谙音律，精通数理，可以担任令嫒的教师，我知道她对于这两门功课一定研究有素。您要是不嫌弃我，就请把他收留下来；他的名字叫里西奥，是曼多亚人。

巴普提斯塔　你们两位我都一样欢迎。可是说起小女凯瑟丽娜，我实在非常抱歉，她是仰攀不上您这样的一位人物的。

彼特鲁乔　看来您是疼惜令嫒，不愿把她遣嫁，否则就是您对我这个人不大满意。

巴普提斯塔　哪里的话，我说的是实在情形。请问贵乡何处，尊姓大名？

彼特鲁乔　贱名是彼特鲁乔，安东尼奥是我的先父，他在意大利是很有一点名望的。

巴普提斯塔　我跟他是很熟的，您原来就是他的贤郎，欢迎欢迎！

葛莱米奥　彼特鲁乔，不要尽管一个人说话，让我们也说几句吧；退后一步，你真太自鸣得意啦。

彼特鲁乔　啊，对不起，葛莱米奥先生，我也巴不得把事情早点讲妥呢。

葛莱米奥　我相信你一定会成功，可是以后你要是后悔今天不该来此求婚，可不要抱怨别人。巴普提斯塔先生，我相信您一定很乐意接受他这份礼物；我因为平常多蒙您另眼相看，十分厚待，所以也要同样地为您效劳，现在特地把这位青年学士介绍给您。（介绍路森修）他曾经在里姆留学多年，对于希腊文、拉丁文以及其他各国语言，都非常精通，不下于那位先生对音乐和数学的造诣。他的名字叫堪比奥，请您准许他在您这儿服务吧。

巴普提斯塔　我非常感谢您的好意，葛莱米奥先生；堪比奥，我很欢迎你。（向特拉尼奥）可是这位先生好像是从外省来的，恕我冒昧，请问尊驾来此有何贵干？

特拉尼奥　巴普提斯塔先生，我才要请您多多原谅呢，因为我初到贵地，居然敢大胆前来，向您美貌贤德的令媛比恩卡小姐求婚，实在是冒昧万分。我也知道您的意思是要先给您那位大令媛许配了婚姻，然后再谈其他，所以我现在唯一的请求，是希望您在知道我的家世以后，能够给我一个和其他各位求婚者同等的机会。这一件不值钱的乐器，和这一包希腊文和拉丁文的书籍，是奉献给两位女公子的一点小小礼物，您要是不嫌菲薄，受纳下来，那就是我莫大的荣幸了。

巴普提斯塔　台甫是路森修，请问府上在什么地方？

驯悍记

特拉尼奥 敝乡是披萨，文森修就是家严。

巴普提斯塔 啊，他是披萨地方数一数二的人物，我闻名已久，您就是他的令郎，欢迎欢迎！（向霍坦西奥）你把这琴拿了，（向路森修）你把这几本书拿了，我就叫人领你们去见你们的学生。喂，来人！

　　　　　　一仆人上。

巴普提斯塔 你把这两位先生领去见大小姐二小姐，对她们说这两位就是来教她们的先生，叫她们千万不可怠慢。（仆人领霍坦西奥、路森修下）诸位，我们现在先到花园里散一会儿步，然后吃饭。你们都是难得的佳宾，请你们相信我是诚心欢迎你们的。

彼特鲁乔 巴普提斯塔先生，我事情很忙，不能每天到府上来求婚。您知道我父亲的为人，您也可以根据我父亲的为人，推测到我这个人是不是靠得住！他去世以后，全部田地产业都已归我承继下来，我自己亲手也挣下了一些家产。现在我要请您告诉我，要是我得到了令嫒的垂青，您愿意拨给她怎样一份嫁奁？

巴普提斯塔 我死了以后，我的田地的一半都给她，另外再给她二万个克朗。

彼特鲁乔 很好，您既然答应了我这样一份嫁奁，我也可以向她保证要是我比她先死，我的一切田地产业都归她所有。我们现在就把契约订好，双方各执一份为凭吧。

巴普提斯塔 好的，可是最要紧的，还是先去把她的爱求到了再说。

彼特鲁乔 啊，那算得了什么难事！告诉您吧，老伯，她固然脾气高傲，我也是天性刚强；两股烈火遇在一起，就把怒气在燃料上销磨净尽了。一星星的火花，虽然会被微风吹成烈焰，可是一阵拔山倒海的飓风，却可以把大火吹熄；我对她就是这样，她见了我一定会屈服的，因为我是个性格暴躁的人，我不会像小孩子一样谈情说爱。

巴普提斯塔 那么很好，愿你马到成功！可是你要准备着听几句刺耳的话呢。

彼特鲁乔 那我也有恃无恐，尽管狂风吹个不停，山岳是始终屹立不动的。

霍坦西奥头破血流上。

巴普提斯塔 怎么，我的朋友！你怎么这样面无人色？

霍坦西奥 我是吓成这个样子的。

巴普提斯塔 怎么，我的女儿是不是一个可造之才？

霍坦西奥 我看令嫒很可以当兵打仗去；只有铁链可以锁住她，我这琴儿是经不起她一敲的。

巴普提斯塔 难道她不能学会用琴吗？

霍坦西奥 不然，她用琴打人的手段十分高明。我不过告诉她她把音柱弄错了，按着她的手教她怎样弹奏，她就冒起火来，喊道："你管这些玩意儿叫琴柱吗？好，我就筑你几下。"说着就砰的给我迎头一下子，琴给她敲通了，我的头颈也给琴套住了；我像一个戴枷的犯人一样站着发怔，一面她还骂我弹琴的无颟，沿街卖唱的叫化子，以及诸如此类的难听的话，好像她是有意要寻我的晦气。

彼特鲁乔 嗳呀，好一个勇敢的姑娘！我现在更加十倍地爱她了。啊，我真想跟她谈谈天！

驯悍记

巴普提斯塔 （向霍坦西奥）好，你跟我去，请不要懊恼；你可以去教我的小女儿，她很愿意虚心学习，很懂得好歹。彼特鲁乔先生，您愿意陪我们一块儿走走呢，还是让我叫我的女儿凯德出来见您？

彼特鲁乔 有劳您去叫她出来吧，我就在这儿等着她。（巴普提斯塔、葛莱米奥、特拉尼奥、霍坦西奥等同下）等她来了，我要提起精神来向她求婚：要是她开口骂人，我就对她说她唱的歌儿像夜莺一样曼妙；要是她向我皱眉头，我就说她看上去像浴着朝露的玫瑰一样清丽；要是她默不作声，我就恭维她的能言善辩；要是她叫我滚蛋，我就向她道谢，好像她留我多住一个星期一样；要是她不愿意嫁给我，我就向她请问吉期。她已经来啦，彼特鲁乔，现在要看看你的本领了。

凯瑟丽娜上。

彼特鲁乔 早安，凯德，我听说这是你的小名。

凯瑟丽娜 算你生着耳朵会听，可是我这名字是会刺痛你的耳朵的。人家提起我的时候，都叫我凯瑟丽娜。

彼特鲁乔 你骗我，你的名字就叫凯德，你是可爱的凯德，人家有时也叫你泼妇凯德；可是你是世上最美最美的凯德，凯德大厦的凯德，我最娇美的凯德，因为娇美的东西都该叫凯德。所以，凯德，我的心上的凯德，请你听我诉说：我因为到处听见人家称赞你的温柔贤德，传扬你的美貌娇姿，虽然他们嘴里说的话，还抵不过你实在的好处的一半，可是我的心却给他们打动了，所以特地前来向你求婚，请你答应嫁给我做妻子。

凯瑟丽娜 打动了你的心！哼！叫那打动你到这儿来的那家伙再打动你回去吧，我早知道你是个给人搬来搬去的东西。

彼特鲁乔 什么东西是给人搬来搬去的？

凯瑟丽娜 就像一张凳子一样。

彼特鲁乔 对了，来，坐在我的身上吧。

凯瑟丽娜 驴子是给人骑坐的，你也就是一头驴子。

彼特鲁乔 女人也是一样，你就是一个女人。

凯瑟丽娜 要想骑我，像尊驾那副模样可不行。

彼特鲁乔 好凯德，我不会叫你承担过多的重量，因为我知道你年纪轻轻——

凯瑟丽娜 要说轻，像你这样的家伙的确抓不住；要说重，我的分量也够瞧的。

彼特鲁乔 够瞧的！够——刁的。

凯瑟丽娜 叫你说着了，你就是个大笨雕。

彼特鲁乔 啊，我的小鸽子，让大雕捉住你好不好？

凯瑟丽娜 你拿我当驯良的鸽子吗？鸽子也会叼虫子哩。

彼特鲁乔 你火性这么大，就像一只黄蜂。

凯瑟丽娜 我倘然是黄蜂，那么留心我的刺吧。

彼特鲁乔 我就把你的刺拔下。

凯瑟丽娜 你知道它的刺在什么地方吗？

彼特鲁乔 谁不知道黄蜂的刺是在什么地方？在尾巴上。

凯瑟丽娜 在舌头上。

彼特鲁乔 在谁的舌头上？

凯瑟丽娜 你的，因为你话里带刺。好吧，再会。

彼特鲁乔 怎么，把我的舌头带在你尾巴上吗？别走，好凯德，

驯悍记

187

我是个冠冕堂皇的绅士。

凯瑟丽娜　我倒要试试看。（打彼特鲁乔。）

彼特鲁乔　你再打我，我也要打你了。

凯瑟丽娜　绅士只动口，不动手。你要打我，你就算不了绅士，算不了绅士也就别冠冕堂皇了。

彼特鲁乔　你也懂得绅士的冠冕和章服吗，凯德？欣赏欣赏我吧！

凯瑟丽娜　你的冠冕是什么？鸡冠子？

彼特鲁乔　要是凯德肯作我的母鸡，我也宁愿作老实的公鸡。

凯瑟丽娜　我不要你这个公鸡；你叫得太像鹌鹑了。

彼特鲁乔　好了好了，凯德，请不要这样横眉怒目的。

凯瑟丽娜　我看见了丑东西，总是这样的。

彼特鲁乔　这里没有丑东西，你应当和颜悦色才是。

凯瑟丽娜　谁说没有？

彼特鲁乔　请你指给我看。

凯瑟丽娜　我要是有镜子，就可以指给你看。

彼特鲁乔　啊，你是说我的脸吗？

凯瑟丽娜　年轻轻的，识见倒很老成。

彼特鲁乔　凭圣乔治起誓，你会发现我是个年轻力壮的汉子。

凯瑟丽娜　哪里？你一脸皱纹。

彼特鲁乔　那是思虑过多的缘故。

凯瑟丽娜　你就思虑去吧。

彼特鲁乔　请听我说，凯德；你想这样走了可不行。

凯瑟丽娜　倘然我留在这儿，我会叫你讨一场大大的没趣的，还是放我走吧。

彼特鲁乔　不，一点也不，我觉得你是无比的温柔。人家说你很暴躁，很骄傲，性情十分乖僻，现在我才知道别人的话完全是假的，因为你是潇洒娇憨，和蔼谦恭，说起话来腼腼腆腆的，就像春天的花朵一样可爱。你不会颦眉蹙额，也不会斜着眼睛看人，更不会像那些性情嚣张的女人们一样咬着嘴唇；你不喜欢在谈话中间和别人顶撞，你款待求婚的男子，都是那么温和柔婉。为什么人家要说凯德走起路来有些跛呢？这些爱造谣言的家伙！凯德是像榛树的枝儿一样娉婷纤直的。啊，让我瞧瞧你走路的姿势吧，你那轻盈的步伐是多么醉人！

凯瑟丽娜　傻子，少说些疯话吧！去对你家里的下人们发号施令去。

彼特鲁乔　在树林里漫步的狄安娜女神，能够比得上在这间屋子里姗姗徐步的凯德吗？啊，让你做狄安娜女神，让她做凯德吧，你应当分给她几分贞洁，她应当分给你几分风流！

凯瑟丽娜　你这些好听的话是向谁学来的？

彼特鲁乔　我这些话都是不假思索，随口而出。

凯瑟丽娜　准是你妈妈口里的；你不过是个愚蠢学舌的儿子。

彼特鲁乔　我的话难道不是火热的吗？

凯瑟丽娜　勉强还算暖和。

彼特鲁乔　是啊，可爱的凯瑟丽娜，我正打算到你的床上去暖和暖和呢。闲话少说，让我老实告诉你，你的父亲已经答应把你嫁给我做妻子，你的嫁奁也已经议定了，你愿意也好，不愿意也好，我一定要和你结婚。凯德，我们两人是天造地设的一双佳偶，我真喜欢你，你是这样的美丽，你

驯悍记

除了我之外，不能嫁给别人，因为我是天生下来要把你降伏的，我要把你从一个野性的凯德变成一个柔顺听话的贤妻良母。你的父亲来了，你不能不答应，我已经下了决心，一定要娶凯瑟丽娜做妻子。

巴普提斯塔、葛莱米奥及特拉尼奥重上。

巴普提斯塔 彼特鲁乔先生，您跟我的女儿谈得怎么样啦？

彼特鲁乔 难道还会不圆满吗？我知道我一定不会失败。

巴普提斯塔 啊，怎么，凯瑟丽娜我的女儿！你怎么不大高兴？

凯瑟丽娜 你还叫我女儿吗？你真是一个好父亲，要我嫁给一个疯疯癫癫的汉子，一个轻薄的恶少，一个胡说八道的家伙，他以为凭着几句疯话，就可以把事情硬干成功。

彼特鲁乔 老伯，事情是这样的：人家所讲的关于她的种种的话，都是错的，就是您自己也有些不大知道令嫒的为人；她那些泼辣的样子，都是故意装出来的，其实她一点不倔强，却像鸽子一样地柔和，她一点不暴躁，却像黎明一样地安静，她的忍耐、她的贞洁，可以和古代的贤媛媲美；总而言之，我们彼此的意见十分融洽，我们已经决定在星期日举行婚礼了。

凯瑟丽娜 我要看你在星期日上吊！

葛莱米奥 彼特鲁乔，你听，她说她要看你在星期日上吊。

特拉尼奥 这就是你所夸耀的成功吗？看来我们的希望也都完了！

彼特鲁乔 两位不用着急，我自己选中了她，只要她满意，我也满意，不就行了吗？我们两人刚才已经约好，当着人的时候，她还是装做很泼辣的样子。我告诉你们吧，她那么爱我，简直不能叫人相信；啊，最多情的凯德！她挽住我的头颈，把我吻了又吻，一遍遍地发着盟誓，我在一霎眼间，就完全被她征服了。咹，你们都是不曾经历过恋爱妙谛的人，你们不知道男人女人私下在一起的时候，一个最不中用的懦夫也会使世间最凶悍的女人驯如绵羊。凯德，让我吻一吻你的手。我就要到威尼斯去购办结婚礼服去了。岳父，您可以预备酒席，宴请宾客了。我可以断定凯瑟丽娜在那天一定打扮得非常美丽。

巴普提斯塔　我不知道应当怎么说，可是把你们两人的手给我，彼特鲁乔，愿上帝赐您快乐！这门亲事算是定妥了。

葛莱米奥、特拉尼奥　阿门！我们愿意在场作证。

彼特鲁乔　岳父，贤妻，各位，再见了。我要到威尼斯去，星期日就在眼前了。我们要有很多的戒指，很多的东西，很好的陈设。凯德，吻我吧，我们星期日就要结婚了。（彼特鲁乔、凯瑟丽娜各下。）

葛莱米奥　有这样速成的婚姻吗？

巴普提斯塔　老实对两位说吧，我现在就像一个商人，因为货物急于出手，这注买卖究竟做得做不得，也在所不顾了。

特拉尼奥　这是一笔使你摇头的滞货，现在有人买了去，也许有利可得，也许人财两空。

巴普提斯塔　我也不希望什么好处，但愿他们婚后平安无事就是了。

葛莱米奥　他娶了这样一位夫人去，一定会家宅安宁的。可是巴普提斯塔先生，现在要谈到您的第二位令嫒了，我们好容易才盼到这一天。你我是邻居素识，而且我是第一个来求

驯悍记

婚的人。

特拉尼奥　可是我对于比恩卡的爱，是不能用言语来形容，也不是您所能想像得到的。

葛莱米奥　你是个后生小子，哪里会像我一样真心爱人。

特拉尼奥　瞧你胡须都斑白了，你的爱情是冰冻的。

葛莱米奥　你的爱情会把人烧坏。无知的小儿，退后去，你不懂得应该让长者居先的规矩吗？

特拉尼奥　可是在娘儿们的眼睛里，年轻人是格外讨人喜欢的。

巴普提斯塔　两位不必争执，让我给你们公平调处；我们必须根据实际的条件判定谁是锦标的得主。你们两人中谁能够答应给我的女儿更重的聘礼，谁就可以得到我的比恩卡的爱。葛莱米奥先生，您能够给她什么保证？

葛莱米奥　第一，您知道我在城里有一所房子，陈设着许多金银器皿，金盆玉壶给她洗纤纤的嫩手，室内的帷幕都用古代的锦绣制成，象牙的箱子里满藏着金币，杉木的橱里堆垒着锦毡绣帐、绸缎绫罗、美衣华服、珍珠镶嵌的绒垫、金线织成的流苏以及铜锡用具，一切应用的东西。在我的田庄里，我还有一百头乳牛，一百二十头公牛，此外的一切可以依此类推。我必须承认我自己已经上了几岁年纪，要是我明天死了，这一切都是她的，只要当我活着的时候，她愿意做我一个人的妻子。

特拉尼奥　这"一个人"三个字加得很妙！巴普提斯塔先生，请您听我说：我父亲只有我一个儿子，我是他唯一的后嗣，令嫒倘然嫁给了我，我可以把我在披萨城内三四所像这位葛莱米奥老先生所有的一样好的房子归在她的名下，此外还有田地上每年二千块金圆的收入，都给她作为我死后的她的终身的产业。葛莱米奥先生，您听了我的话很不舒服吗？

葛莱米奥　田地上每年二千块金圆的收入！我的田地都加起来也不值那么多，可是我除了把我所有的田地给她之外，还可以给她一艘大商船，现在它就在马赛的码头边停泊着。啊，你听我说起了一艘大商船，吓得说不出话来了吗？

特拉尼奥　葛莱米奥，你去打听打听，我的父亲有三艘大商船，还有两艘大划船，十二艘小划船，我可以把这些都划给她；你要是还有什么家私给她的话，我都可以加倍给她。

葛莱米奥　不，我的家私尽至于此，她可以得到我所有的一切。您要是认为满意的话，那么我和我的财产都是她的。

特拉尼奥　您已经有言在先，令嫒当然是属于我的。葛莱米奥已经给我压倒了。

巴普提斯塔　我必须承认您所答应的条件比他强，只要令尊能够亲自给她保证，她就可以嫁给您；否则恕我说句不客气的话，要是您比令尊先死，那么她的财产岂不是落了空？

特拉尼奥　那您可太多心了，他年纪已经老了，我还年轻得很哩。

葛莱米奥　难道年轻的人就不会死？

巴普提斯塔　好，两位先生，我已经这样决定了。你们知道下一个星期日是我的大女儿凯瑟丽娜的婚期；再下一个星期，就是比恩卡的婚期，您要是能够给她确实的保证，她就嫁给您，否则就嫁给葛莱米奥。多谢两位光临，现在我要失陪了。

葛莱米奥　再见，巴普提斯塔先生。（巴普提斯塔下）我可不把你

驯悍记

放在心上，你这败家的浪子！你父亲除非是一个傻子，才肯把全部财产让你来挥霍，活到这一把年纪来受你的摆布。哼！一头意大利的老狐狸是不合这样慷慨的，我的孩子！（下。）

特拉尼奥　这该死的坏老头子！可是我刚才吹了那么大的牛，无非是想要成全我主人的好事，现在我这个冒牌的路森修，却必须去找一个冒牌的文森修来认做父亲。笑话年年有，今年分外多，人家都是先有父亲后有儿子，这回的婚事却是先有儿子后有父亲。（下。）

第三幕

第一场　帕度亚。巴普提斯塔家中一室

路森修、霍坦西奥及比恩卡上。

路森修　喂，弹琴的，你也太猴急了；难道你忘记了她的姊姊凯瑟丽娜是怎样欢迎你的吗？

霍坦西奥　谁要你这酸学究多嘴！音乐是使宇宙和谐的守护神，所以还是让我先去教她音乐吧；等我教完了一点钟，你也可以给她讲一点钟的书。

路森修　荒唐的驴子，你因为没有学问，所以不知道音乐的用处！它不是在一个人读书或是工作疲倦了以后，可以舒散舒散他的精神吗？所以你应当让我先去跟她讲解哲学，等我讲完了，你再奏你的音乐好了。

霍坦西奥　嘿，我可不能受你的气！

驯悍记

比恩卡　两位先生，先教音乐还是先念书，那要看我自己的高兴，你们这样争先恐后，未免太不成话了。我不是在学校里给先生打手心的小学生，我念书没有规定的钟点，自己喜欢学什么便学什么，你们何必这样子呢？大家不要吵，请坐下来；您把乐器预备好，您一面调整弦音，他一面给我讲书；等您调好了音，他的书也一定讲完了。

霍坦西奥　好，等我把音调好以后，您可不要听他讲书了。（退坐一旁。）

路森修　你去调你的乐器吧，我看你永远是个不入调的。

比恩卡　我们上次讲到什么地方？

路森修　这儿，小姐：Hac ibat Simois；hic est Sigeia tellus；Hic steterat Priami regia celsa senis.[①]

比恩卡　请您解释给我听。

路森修　Hac ibat，我已经对你说过了，Simois，我是路森修，hic est，披萨地方文森修的儿子，Sigeia tellus，因为希望得到你的爱，所以化装来此；Hic steterat，冒充路森修来求婚的，priami，是我的仆人特拉尼奥，regia，他假份成我的样子，celsa senis，是为了哄骗那个老头子。

霍坦西奥　（回原处）小姐，我的乐器已经调好了。

比恩卡　您弹给我听吧。（霍坦西奥弹琴）哎呀，那高音部分怎么这样难听！

---

①拉丁文，引自奥维德的《书信集》（Epistolae），原文大意为："这里流着西摩亚斯河，这里是西基亚平原；这里耸立着普里阿摩斯的雄伟的宫殿。"

路森修 朋友，你吐一口唾沫在那琴眼里，再给我去重新调一下吧。

比恩卡 现在让我来解释解释看：Hac ibat Simois，我不认识你；hic est Sigeia tellus，我不相信你；Hic steterat Priami，当心被他听见；regia，不要太自信；cel sa senis，不必灰心。

霍坦西奥 小姐，现在调好了。

路森修 只除了下面那个音。

霍坦西奥 说得很对；因为有个下流的混蛋在捣乱。我们的学究先生倒是满神气活现的！（旁白）这家伙一定在向我的爱人调情，我倒要格外注意他才好。

比恩卡 慢慢地我也许会相信你，可是现在我却不敢相信你。

路森修 请你不必疑心，埃阿西得斯就是埃阿斯，他是照他的祖父取名的。

比恩卡 你是我的先生，我必须相信你，否则我还要跟你辩论下去呢。里西奥，现在要轮到你啦。两位好先生，我跟你们随便说着玩的话，请不要见怪。

霍坦西奥 （向路森修）你可以到外面去走走，不要打搅我们，就这门音乐课用不着三部合奏。

路森修 你还有这样的讲究吗？（旁白）好，我就等着，我要留心观察他的行动，因为我相信我们这位大音乐家有点儿色迷迷起来了。

霍坦西奥 小姐，在您没有妾触这乐器、开始学习手法以前，我必须先从基本方面教起，简简单单地把全部音阶向您讲述一个大概，您会知道我这教法要比人家的教法更有趣更简

驯悍记

捷。我已经把它们写在这里。

比恩卡 音阶我早已学过了。

霍坦西奥 可是我还要请您读一读霍坦西奥的音阶。

比恩卡 （读）

G是"度"，你是一切和谐的基础，

A是"累"，霍坦西奥对你十分爱慕；

B是"迷"，比恩卡，他要娶你为妻，

C是"发"，他拿整个心儿爱着你；

D是"索"，也是"累"，一个调门两个音，

E是"拉"，也是"迷"，可怜我一片痴心。

这算是什么音阶？哼，我可不喜欢那个。还是老法子好，这种希奇古怪的玩意儿我不懂。

　　　　　一仆人上。

仆人 小姐，老爷请您不要读书了，叫您去帮助他们把大小姐的房间装饰装饰，因为明天就是大喜的日子了。

比恩卡 两位先生，我现在要少陪了。（比恩卡及仆人下。）

路森修 她已经去了，我还待在这儿干么？（下。）

霍坦西奥 可是我却要仔细调查这个穷酸，我看他好像在害着相思。比恩卡，比恩卡，你要是甘心降尊纡贵，垂青到这样一个呆鸟身上，那么谁爱要你，谁就要你吧；如果你这样水性杨花，霍坦西奥也要和你一刀两断，另觅新欢了。（下。）

第二场　同前。巴普提斯塔家门前

巴普提斯塔、葛莱米奥、特拉尼奥、凯瑟丽娜、比恩卡、路森修及从仆等上。

巴普提斯塔　（向特拉尼奥）路森修先生，今天是定好彼特鲁乔和凯瑟丽娜结婚的日子，可是我那位贤婿到现在还没有消息。这成什么话呢？牧师等着为新夫妇证婚，新郎却不知去向，这不是笑话吗！路森修，您说这不是一桩丢脸的事吗？

凯瑟丽娜　谁也不丢脸，就是我一个人丢脸。你们不管我愿意不愿意，硬要我嫁给一个疯头疯脑的家伙，他求婚的时候那么性急，一到结婚的时候，却又这样慢腾腾了。我对你们说吧，他是一个疯子，他故意装出这一副穷形极相来开人家的玩笑；他为了要人家称赞他是一个爱寻开心的角色，会去向一千个女人求婚，和她们约定婚期，请好宾朋，宣布订婚，可是却永远不和她们结婚。人家现在将要指点着苦命的凯瑟丽娜说，"瞧！这是那个疯汉彼特鲁乔的妻子，要是他愿意来和她结婚。"

特拉尼奥　不要懊恼，好凯瑟丽娜；巴普提斯塔先生，您也不要生气。我可以保证彼特鲁乔没有恶意，他今天失约，一定有什么原故。他虽然有些莽撞，可是我知道他是个很有见识的人；虽然爱开玩笑，然而人倒是很诚实的。

凯瑟丽娜　算我倒霉碰到了他！（哭泣下，比恩卡及余众随下。）

巴普提斯塔　去吧，孩子，我现在可不怪你伤心；受到这样的欺侮，就是圣人也会发怒，何况是你这样一个脾气暴躁

驯悍记

的泼妇。

比昂台罗上。

比昂台罗 少爷，少爷！新闻！旧新闻！您从来没有听见过这样奇怪的新闻！

巴普提斯塔 什么，新闻，又是旧新闻？这是怎么回事？

比昂台罗 彼特鲁乔来了，这不是新闻吗？

巴普提斯塔 他已经来了吗？

比昂台罗 没有。

巴普提斯塔 这话怎么讲？

比昂台罗 他就要来了。

巴普提斯塔 他什么时候可以到这里？

比昂台罗 等他站在这地方和你们见面的时候。

特拉尼奥 可是你说你有什么旧新闻？

比昂台罗 彼特鲁乔就要来了；他戴着一顶新帽子，穿着一件旧马甲，他那条破旧的裤子脚管高高卷起；一双靴子千疮百孔，可以用来插蜡烛，一只用扣子扣住，一只用带子缚牢；他还佩着一柄武器库里拿出来的锈剑，柄也断了，鞘子也坏了，剑锋也钝了；他骑的那匹马儿，鞍鞯已经蛀破，镫子不知像个什么东西；那马儿鼻孔里流着涎，上腭发着炎肿，浑身都是疮疖，腿上也肿，脚上也肿，再加害上黄疸病、耳下腺炎、脑脊髓炎、寄生虫病，弄得脊梁歪转，肩膀脱骱；它的前腿是向内弯曲的，嘴里衔着只有半面拉紧的马衔，头上套着羊皮做成的勒，因为防那马儿颠踬，不知拉断了多少次，断了再把它结拢，现在已经打了无数结子，那肚带曾经补缀过六次，还有一副天鹅绒的女人用的马鞭，上面用小钉嵌着她名字的两个字母，好几块地方是用粗麻线补缀过的。

巴普提斯塔　谁跟他一起来的？

比昂台罗　啊，老爷！他带着一个跟班，装束得就跟那匹马差不多，一只脚上穿着麻线袜，一只脚上穿着罗纱的连靴袜，用红蓝两色的布条做着袜带，破帽子上插着一卷烂纸充当羽毛，那样子就像一个妖怪，哪里像个规规矩矩的仆人或者绅士的跟班！

特拉尼奥　他大概一时高兴，所以打扮成这个样子；他平常出来的时候，往往装束得很俭朴。

巴普提斯塔　不管他怎么来法，既然来了，我也就放了心了。

比昂台罗　老爷，他可不会来。

巴普提斯塔　你刚才不是说他来了吗？

比昂台罗　谁来了？彼特鲁乔吗？

巴普提斯塔　是啊，你说彼特鲁乔来了。

比昂台罗　没有，老爷。我说他的马来了，他骑在马背上。

巴普提斯塔　那还不是一样吗？

比昂台罗

　　　　圣杰美为我作主！
　　　　我敢跟你打个赌，
　　　　一匹马，一个人，
　　　　比一个，多几分，
　　　　比两个，又不足。

　　　　　　　彼特鲁乔及葛鲁米奥上。

彼特鲁乔　喂，这一班公子哥儿呢？谁在家里？

驯悍记

巴普提斯塔　您来了吗？欢迎欢迎！

彼特鲁乔　我来得很莽撞。

巴普提斯塔　你倒是不吞吞吐吐。

特拉尼奥　可是我希望你能打扮得更体面一些。

彼特鲁乔　打扮有什么要紧？反正我得尽快赶来。但是凯德呢？我的可爱的新娘呢？老丈人，您好？各位先生，你们怎么都皱着眉头？为什么大家出神呆看，好像瞧见了什么奇迹，什么彗星，什么希奇古怪的东西一样？

巴普提斯塔　您知道今天是您举行婚礼的日子，我们刚才很觉得扫兴，因为担心您也许不会来了；现在您来了，却这样一点没有预备，更使我们扫兴万分。快把这身衣服换一换，它太不合您的身分，而且在这样郑重的婚礼中间，也会让人瞧着笑话的。

特拉尼奥　请你告诉我们什么要紧的事情绊住了你，害你的尊夫人等得这样久？难道你这样忙，来不及换一身像样一些的衣服吗？

彼特鲁乔　说来话长，你们一定不愿意听；总而言之，我现在已经守约前来，就是有些不周之处，也是没有办法；等我有了空，再向你们解释，一定使你们满意就是了。可是凯德在哪里？我应该快去找她，时间不早了，该到教堂里去了。

特拉尼奥　你穿得这样不成体统，怎么好见你的新娘？快到我的房间里去，把我的衣服拣一件穿上吧。

彼特鲁乔　谁要穿你的衣服？我就这样见她又有何妨？

巴普提斯塔　可是我希望您不是打算就这样和她结婚吧。

彼特鲁乔　当然，就是这样；别罗哩罗嗦了。她嫁给我，又不是嫁给我的衣服；假使我把这身破烂的装束换掉，就能够补偿我为她所花的心血，那么对凯德和我说来都是莫大的好事。可是我这样跟你们说些废话，真是个傻子，我现在应该向我的新娘请安去，还要和她亲一个正名定分的嘴哩。

（彼特鲁乔、葛鲁米奥、比昂台罗同下。）

特拉尼奥　他打扮得这样疯疯癫癫，一定另有用意。我们还是劝他穿得整齐一点，再到教堂里去吧。

巴普提斯塔　我要跟去，看这事到底怎样了局。（巴普提斯塔、葛莱米奥及从仆等下。）

特拉尼奥　少爷，我们不但要得到她的欢心，还必须得到她父亲的好感，所以我也早就对您说过，我要去找一个人来扮做披萨的文森修。不管他是什么人，我们都可以利用他达到我们的目的。我已经夸下海口，说是我可以给比恩卡多重的一份聘礼，现在再找了个冒牌的父亲来，叫他许下更大的数目，这样您就可以如愿以偿，坐享其成，得到一位如花似玉的夫人了。

路森修　倘不是那个教音乐的家伙一眼不放松地监视着比恩卡的行动，我倒希望和她秘密举行婚礼，等到木已成舟，别人就是不愿意也无可如何了。

特拉尼奥　那我们可以慢慢地等机会。我们要把那个花白胡子的葛莱米奥、那个精明的父亲米诺拉、那个可笑的音乐家、自作多情的里西奥，全都哄骗过去，让我的路森修少爷得到最后胜利。

　　　　　葛莱米奥重上。

特拉尼奥　葛莱米奥先生，您是从教堂里来的吗？

葛莱米奥 正像孩子们放学归来一样，我走出了教堂的门，也觉得如释重负。

特拉尼奥 新娘新郎都回来了吗？

葛莱米奥 你说他是个新郎吗？他是个卖破烂的货郎，口出不逊的郎中，那姑娘早晚会明白的。

特拉尼奥 难道他比她更凶？哪有这样的事？

葛莱米奥 哼，他是个魔鬼，是个魔鬼，简直是个魔鬼！

特拉尼奥 她才是个魔鬼母夜叉呢。

葛莱米奥 嘿！她比起他来，简直是头羔羊，是只鸽子，是个傻瓜呢。我告诉你，路森修先生，当那牧师正要问他愿不愿意娶凯瑟丽娜为妻的时候，他就说，"是啊，他妈的！"他还高声赌咒，把那牧师吓得连手里的《圣经》都掉下来了；牧师正要弯下身子去把它拾起来，这个疯狂的新郎又一拳把他连人带书、连书带人地打在地上，嘴里还说，"谁要是高兴，让他去把他搀起来吧。"

特拉尼奥 牧师站起来以后，那女人怎么说呢？

葛莱米奥 她吓得浑身发抖，因为他顿足大骂，就像那牧师敲诈了他似的。可是后来仪式完毕了，他又叫人拿酒来，好像他是在一艘船上，在一场风波平静以后，和同船的人们开怀畅饮一样；他喝干了酒，把浸在酒里的面包丢到教堂司事的脸上，他的理由只是因为那司事的胡须稀疏干枯，好像要向他讨些东西吃似的。然后他就搂着新娘的头颈，亲她的嘴，那咂嘴的声音响得那样厉害，弄得四壁都发出了回声。我看见这个样子，倒觉得非常不好意思，所以就出来了。闹得乱哄哄的这一班人，大概也要来了。这种疯狂的婚礼真是难得看见。听！听！那边不是乐声吗？
（音乐。）

> 彼特鲁乔、凯瑟丽娜、比恩卡、巴普提斯塔、霍坦西
> 奥、葛鲁米奥及虽从等重上。

彼特鲁乔　各位来宾，各位朋友，我谢谢你们的好意。我知道你们今天想要参加我的婚宴，已经为我备下了丰盛的酒席，可惜我因为事情很忙，不能久留，所以我想就此告别了。

巴普提斯塔　难道你今晚就要去吗？

彼特鲁乔　我必须在天色未暝以前赶回去。你们不要奇怪，要是你们知道我还有些什么事情必须办好，你们就要催我快去，不会留我了。我谢谢你们各位，你们已经看见我把自己奉献给这个最和顺、最可爱、最贤惠的妻子了。大家不要客气，陪我的岳父多喝几杯，我一定要走了，再见。

特拉尼奥　让我们请您吃过了饭再走吧。

彼特鲁乔　那不成。

葛莱米奥　请您赏我一个面子，吃了饭去。

彼特鲁乔　不能。

凯瑟丽娜　让我请求你多留一会儿。

彼特鲁乔　我很高兴。

凯瑟丽娜　你高兴留着吗？

彼特鲁乔　因为你留我，所以我很高兴；可是我不能留下来，你怎么请求我都没用。

凯瑟丽娜　你要是爱我，就不要去。

彼特鲁乔　葛鲁米奥，备马！

葛鲁米奥　大爷，马已经备好了；燕麦已经把马都吃光了。

驯悍记

205

凯瑟丽娜　好，那么随你的便吧，我今天可不去，明天也不去，要是一辈子不高兴去，我就一辈子不去。大门开着，没人拦住你，你的靴子还管事，就趿拉着走吧。可是我却要等自己高兴的时候再去；你刚一结婚就摆出这种威风来，将来我岂不要整天看你的脸色吗？

彼特鲁乔　啊，凯德！请你不要生气。

凯瑟丽娜　我生气你便怎样？爸爸，别理他，我说不去就不去。

葛莱米奥　你看，先生，已经热闹起来了。

凯瑟丽娜　诸位先生，大家请入席吧。我知道一个女人倘然一点不知道反抗，她会终生被人愚弄的。

彼特鲁乔　凯德，你叫他们入席，他们必须服从你的命令。大家听新娘的话，快去喝酒吧，痛痛快快地高兴一下，否则你们就给我上吊去。可是我那娇滴滴的凯德必须陪我一起去。嗳哟，你们不要睁大了眼睛，不要顿足，不要发怒，我自己的东西难道自己作不得主？她是我的家私，我的财产；她是我的房屋，我的家具，我的田地，我的谷仓，我的马，我的牛，我的驴子，我的一切；她现在站在这地方，看谁敢碰她一碰。谁要是挡住我的去路，不管他是个什么了不得的人物，我都要对他不起。葛鲁米奥，拿出你的武器来，我们现在给一群强盗围住了，快去把你的主妇救出来，才是个好小子。别怕，好娘儿们，他们不会碰你的，凯德，就算他们是百万大军，我也会保护你的。（彼特鲁乔、凯瑟丽娜、葛鲁米奥同下。）

巴普提斯塔　让他们去吧，去了倒清静些。

葛莱米奥　倘不是他们这么快就去了，我笑也要笑死了。

特拉尼奥　这样疯狂的婚姻今天真是第一次看到。

路森修　小姐，您对于令姊有什么意见？

比恩卡　我说，她自己就是个疯子，现在配到一个疯汉了。

葛莱米奥　我看彼特鲁乔这回讨了个制伏他的人去了。

巴普提斯塔　各位高邻朋友，新娘新郎虽然缺席，桌上有的是美
　　　酒佳肴。路森修，您就坐在新郎的位子上，让比恩卡代替
　　　她的姊姊吧。

特拉尼奥　比恩卡现在就要学做新娘了吗？

巴普提斯塔　是的，路森修。来，各位，我们进去吧。（同下。）

驯
悍
记

第四幕

第一场　彼特鲁乔乡间住宅中的厅堂

葛鲁米奥上。

葛鲁米奥　他妈的，马这样疲乏，主人这样疯狂，路这样泥泞难走！谁给人这样打过？谁给人这样骂过？谁像我这样辛苦？他们叫我先回来生火，好让他们回来取暖。倘不是我小小壶儿容易热，等不到走到火炉旁边，我的嘴唇早已冻结在牙齿上，舌头冻结在上颚上，我那颗心也冻结在肚子里了。现在让我一面扇火，一面自己也烘烘暖吧，像这样的天气，比我再高大一点的人也要受寒的。喂！寇提斯！

寇提斯上。

寇提斯　谁在那儿冷冰冰地叫着我？

葛鲁米奥　是一块冰。你要是不相信，可以从我的肩膀上一直滑到我的脚跟。好寇提斯，快给我生起火来。

寇提斯 大爷和他的新夫人就要来了吗，葛鲁米奥？

葛鲁米奥 啊，是的，寇提斯，是的，所以快些生火呀，可别往上浇水。

寇提斯 她真是像人家所说的那样一个火性很大的泼妇吗？

葛鲁米奥 在冬天没有到来以前，她是个火性很大的泼妇；可是像这样冷的天气，无论男人、女人、畜生，火性再大些也是抵抗不住的。连我的旧主人，我的新主妇，带我自己全让这股冷气制伏了，寇提斯大哥。

寇提斯 去你的，你这三寸钉！你自己是畜生，别和我称兄道弟的。

葛鲁米奥 我才有三寸吗？你脑袋上的绿头巾有一尺长，我也足有那么长。你要再不去生火，我可要告诉我们这位新奶奶，谁都知道她很有两手，一手下去，你就吃不消。谁叫你干这种热活却是那么冷冰冰的！

寇提斯 好葛鲁米奥，请你告诉我，外面有什么消息？

葛鲁米奥 外面是一个寒冷的世界，寇提斯，只有你的工作是热的；所以快生起火来吧，鞠躬尽瘁，自有厚赏。大爷和奶奶都快要冻死了。

寇提斯 火已经生好，你可以讲新闻给我听了。

葛鲁米奥 好吧，"来一杯，喝一杯！"你爱听多少新闻都有。

寇提斯 得了，别这么急人了。

葛鲁米奥 那你就快生火呀；我这是冷得发急。厨子呢？晚饭烧好了没有？屋子收拾了没有？芦草铺上了没有？蛛网扫净了没有？用人们穿上了新衣服白袜子没有？管家披上了婚

驯悍记

礼制服没有？公的酒壶、母的酒瓶，里外全擦干净了没
有？桌布铺上了没有？一切都布置好了吗？

寇提斯　都预备好了，那么请你讲新闻吧。

葛鲁米奥　第一，你要知道，我的马已经走得十分累了，大爷和
奶奶也闹翻了。

寇提斯　怎么？

葛鲁米奥　从马背上翻到烂泥里，因此就有了下文。

寇提斯　讲给我听吧，好葛鲁米奥。

葛鲁米奥　把你的耳朵伸过来。

寇提斯　好。

葛鲁米奥　（打寇提斯）喏。

寇提斯　我要你讲给我听，谁叫你打我？

葛鲁米奥　这一个耳光是要把你的耳朵打清爽。现在我要开始讲
了。首先：我们走下了一个崎岖的山坡，奶奶骑着马在前
面，大爷骑着马在后面——

寇提斯　是一匹马还是两匹马？

葛鲁米奥　这跟你有什么关系？

寇提斯　咳，就是人马的关系。

葛鲁米奥　你要是知道得比我还仔细，那么请你讲吧。都是你打
断了我的话头，否则你可以听到她的马怎样跌了一交，把
她压在底下；那地方是怎样的泥泞，她浑身脏成怎么一个
样子；他怎么让那马把她压住，怎么因为她的马跌了一交
而把我痛打；她怎么在烂泥里爬起来把他扯开；他怎么骂
人；她怎么向他求告，她是从来不曾向别人求告过的；我
怎么哭；马怎么逃走；她的马缰怎么断了；我的马鞍怎么

丢了；还有许许多多新鲜的事情，现在只有让它们永远埋没，你到死也不能长这一分见识了。

寇提斯　这样说来，他比她还要厉害了。

葛鲁米奥　是啊，你们等他回来瞧着吧。可是我何必跟你讲这些话？去叫纳森聂尔、约瑟夫、尼古拉斯、腓力普、华特、休格索普他们这一批人出来吧，叫他们把头发梳光，衣服刷干净，袜带要大方而不扎眼，行起礼来不要忘记屈左膝，在吻手以前，连大爷的马尾巴也不要摸一摸。他们都预备好了吗？

寇提斯　都预备好了。

葛鲁米奥　叫他们出来。

寇提斯　你们听见吗？喂！大爷就要来了，快出来迎接去，还要服侍新奶奶哩。

葛鲁米奥　她自己会走路。

寇提斯　这个谁不知道？

葛鲁米奥　你就好像不知道，不然你干吗要叫人来扶着她？

寇提斯　我是叫他们来给她帮帮忙。

葛鲁米奥　用不着，她不是来向他们告帮的。

　　　　　　　众仆人上。

纳森聂尔　欢迎你回来，葛鲁米奥！

腓力普　你好，葛鲁米奥！

约瑟夫　啊，葛鲁米奥！

尼古拉斯　葛鲁米奥，好小子！

纳森聂尔　怎么样，小伙子？

葛鲁米奥　欢迎你；你好，你；啊，你；好小子，你；现在我们

驯悍记

打过招呼了，我的漂亮的朋友们，一切都预备好，收拾清楚了吗？

纳森聂尔　一切都预备好了。大爷什么时候可以到来？

葛鲁米奥　就要来了，现在大概已经下马了；所以你们必须——嗳哟，静些！我听见他的声音了。

　　　　　　彼特鲁乔及凯瑟丽娜上。

彼特鲁乔　这些混账东西都在哪里？怎么门口没有一个人来扶我的马镫，接我的马？纳森聂尔！葛雷古利！腓力普！

众仆人　有，大爷；有，大爷。

彼特鲁乔　有，大爷！有，大爷！有，大爷！有，大爷！你们这些木头人一样的不懂规矩的奴才！你们可以不用替主人做事，什么名分都不讲了吗？我先打发他回来的那个蠢才在哪里？

葛鲁米奥　在这里，大爷，还是和先前一样蠢。

彼特鲁乔　这婊子生的下贱东西！我不是叫你召齐了这批狗头们，到大门口来接我的吗？

葛鲁米奥　大爷，纳森聂尔的外衣还没有做好，盖勃里尔的鞋子后跟上全是洞，彼得的帽子没有刷过黑烟，华特的剑在鞘子里锈住了拔不出来，只有亚当、拉尔夫和葛雷古利的衣服还算整齐，其余的都破旧不堪，像一群叫化子似的。可是他们现在都来迎接您了。

彼特鲁乔　去，混蛋们，把晚饭拿来。（若干仆人下）（唱）"想当年，我也曾——"那些家伙全——坐下吧，凯德，你到家了，嗯，嗯，嗯，嗯。

　　　　　　数仆持食具重上。

彼特鲁乔　怎么，到这时候才来？——可爱的好凯德，你应当快乐一点。——混账东西，给我把靴子脱下来！死东西，有耳朵没有？（唱）"有个灰衣的行脚僧，在路上奔波不停——"该死的狗才！你把我的脚都拉痛了；我非得揍你，好叫你脱那只的时候当心一点。（打仆人）凯德，你高兴起来呀。喂！给我拿水来！我的猎狗特洛伊罗斯呢？嗨，小子，你去把我的表弟腓迪南找来。（仆人下）凯德，你应该跟他见个面，认识认识。我的拖鞋在什么地方？怎么，没有水吗？凯德，你来洗手吧。（仆人失手将水壶跌落地上，彼特鲁乔打仆人）这狗娘养的！你故意让它跌在地下吗？

凯瑟丽娜　请您别生气，这是他无心的过失。

彼特鲁乔　这狗娘养的笨虫！来，凯德，坐下来，我知道你肚子饿了。是由你来作祈祷呢，好凯德，还是我来作？这是什么？羊肉吗？

仆甲　是的。

彼特鲁乔　谁拿来的？

仆甲　是我。

彼特鲁乔　它焦了；所有的肉都焦了。这批狗东西！那个混账厨子呢？你们好大胆子，知道我不爱吃这种东西，敢把它拿了出来！（将肉等向众仆人掷去）盆儿杯儿盘儿一起还给你们吧，你们这些没有头脑不懂规矩的奴才！怎么，你在咕噜些什么？等着，我就来跟你算账。

凯瑟丽娜　夫君，请您不要那么生气，这肉烧得还不错哩。

彼特鲁乔　我对你说，凯德，它已经烧焦了；再说，医生也曾经特别告诉我不要碰羊肉；因为吃了下去有伤脾胃，会使人

驯悍记

脾气暴躁的。我们两人的脾气本来就暴躁，所以还是挨些饿，不要吃这种烧焦的肉吧。请你忍耐些，明天我叫他们烧得好一点，今夜我们两个人大家饿一夜。来，我领你到你的新房里去。（彼特鲁乔、凯瑟丽娜、寇提斯同下。）

纳森聂尔　彼得，你看见过这样的事情吗？

彼得　这叫做即以其人之道，还治其人之身。

　　　　　　寇提斯重上。

葛鲁米奥　他在哪里？

寇提斯　在她的房间里，向她大讲节制的道理，嘴里不断骂人，弄得她坐立不安，眼睛也不敢看，话也不敢说，只好呆呆坐着，像一个刚从梦里醒来的人一般，看样子怪可怜的。快去，快去！他来了。（四人同下。）

　　　　　　彼特鲁乔重上。

彼特鲁乔　我已经开始巧妙地把她驾驭起来，希望能够得到美满的成功。我这只悍鹰现在非常饥饿，在她没有俯首听命以前，不能让她吃饱，不然她就不肯再练习打猎了。我还有一个治服这鸷鸟的办法，使她能呼之则来，挥之则去；那就是总叫她睁着眼，不得休息，拿她当一只乱扑翅膀的倔强鹞子一样对待。今天她没有吃过肉，明天我也不给她吃；昨夜她不曾睡觉，今夜我也不让她睡觉，我要故意嫌被褥铺得不好，把枕头、枕垫、被单、线毯向满房乱丢，还说都是为了爱惜她才这样做；总之她将要整夜不能合眼，倘然她昏昏思睡，我就骂人吵闹，吵得她睡不着。这是用体贴为名惩治妻子的法子，我就这样克制她的狂暴倔强的脾气；要是有谁知道还有比这更好的驯悍妙法，那么我倒要请教请教。（下。）

第二场　帕度亚。巴普提斯塔家门前

特拉尼奥及霍坦西奥上。

特拉尼奥　里西奥朋友，难道比恩卡小姐除了路森修以外，还会爱上别人吗？我告诉你吧，她对我很有好感呢。

霍坦西奥　先生，为了证明我刚才所说的话，你且站在一旁，看看他是怎样教法。（二人站立一旁。）

比恩卡及路森修上。

路森修　小姐，您的功课念得怎么样啦？

比恩卡　先生，您在念什么？先回答我。

路森修　我念的正是我的本行：《恋爱的艺术》。

比恩卡　我希望您在这方面成为一个专家。

路森修　亲爱的，我希望您做我实验的对象。（二人退后。）

霍坦西奥　哼，他们的进步倒是很快！现在你还敢发誓说你的爱人比恩卡只爱着路森修吗？

特拉尼奥　啊，可恼的爱情！朝三暮四的女人！里西奥，我真想不到有这种事情。

霍坦西奥　老实告诉你吧，我不是里西奥，也不是一个音乐家。我为了她不惜降低身价，乔扮成这个样子；谁知道她不爱绅士，却去爱上一个穷酸小子。先生，我的名字是霍坦西奥。

特拉尼奥　原来足下便是霍坦西奥先生，失敬失敬！久闻足下对

驯悍记

比恩卡十分倾心，现在你我已经亲眼看见她这种轻狂的样子，我看我们大家把这一段痴情割断了吧。

霍坦西奥 瞧，他们又在接吻亲热了！路森修先生，让我握你的手，我郑重宣誓，今后决不再向比恩卡求婚，像她这样的女人，是不值得我像过去那样对她盲目恋慕的。

特拉尼奥 我也愿意一秉至诚，作同样的宣誓，即使她向我苦苦哀求，我也决不娶她。不害臊的！瞧她那副浪相！

霍坦西奥 但愿除了他以外，所有的人都发誓把比恩卡舍弃。至于我自己，我一定坚守誓言；三天之内，我就要和一个富孀结婚，她已经爱我很久，可是我却迷上了这个鬼丫头。再会吧，路森修先生，讨老婆不在乎姿色，有良心的女人才值得我去爱她。好吧，我走了。主意已拿定，决不更改。

（霍坦西奥下；路森修、比恩卡上前。）

特拉尼奥 比恩卡小姐，祝您爱情美满！我刚才已经窥见你们的秘密，而且我已经和霍坦西奥一同发誓把您舍弃了。

比恩卡 特拉尼奥，你又在说笑话了。可是你们两人真的都已经发誓把我舍弃了吗？

特拉尼奥 是的，小姐。

路森修 那么里西奥不会再来打搅我们了。

特拉尼奥 不骗你们，他现在决心要娶一个风流寡妇，打算求婚结婚都在一天之内完成呢。

比恩卡 愿上帝赐他快乐！

特拉尼奥 他还要把她管束得十分驯服呢。

比恩卡 他不过说说罢了，特拉尼奥。

特拉尼奥 真的，他已经进了御妻学校了。

比恩卡　御妻学校！有这样一个所在吗？

特拉尼奥　是的，小姐，彼特鲁乔就是那个学校的校长，他教授着层出不穷的许多驯犬悍妇的妙计和对付长舌的秘诀。

　　　　　　比昂台罗奔上。

比昂台罗　啊，少爷，少爷！我守了半天，守得腿酸脚软，好容易给我发见了一位老人家，他从山坡上下来，看他的样子倒还适合我们的条件。

特拉尼奥　比昂台罗，他是个什么人？

比昂台罗　少爷，他也许是个商店里的掌柜，也许是个三家村的学究，我也弄不清楚，可是他的装束十分规矩，他的神气和相貌都像个老太爷的样子。

路森修　特拉尼奥，我们找他来干吗呢？

特拉尼奥　他要是能够听信我随口编造的谣言，我可以叫他情情愿愿地冒充文森修，向巴普提斯塔一口答应一份丰厚的聘礼。把您的爱人带进去，让我在这儿安排一切。（路森修、比恩卡同下。）

　　　　　　老学究上。

学究　上帝保佑您先生！

特拉尼奥　上帝保佑您，老人家！您是路过此地，还是有事到此？

学究　先生，我想在这儿耽搁一两个星期，然后动身到罗马去；要是上帝让我多活几年，我还希望到特里坡利斯去一次。

特拉尼奥　请问府上是什么地方？

学究　敝乡是曼多亚。

特拉尼奥　曼多亚吗，老先生！嗳哟，糟了！您敢到帕度亚来，难道不想活命了吗？

驯悍记

学究　怎么，先生！我不懂您的话。

特拉尼奥　曼多亚人到帕度亚来，都是要处死的。您还不知道吗？你们的船只只能停靠在威尼斯，我们的公爵和你们的公爵因为发生争执，已经宣布不准敌邦人民入境的禁令。大概您是新近到此，否则应该早就知道的。

学究　唉，先生！这可怎么办呢？我还有从弗罗棱萨汇来的钱，要在这儿取出来呢！

特拉尼奥　好，老先生，我愿意帮您一下忙。第一要请您告诉我，您有没有到过披萨？

学究　啊，先生，披萨是我常去的地方，那里是以正人君子多而出名的。

特拉尼奥　在那些正人君子中间，有一位文森修您认识不认识？

学究　我不认识他，可是听到过他的名字；他是一个非常豪富的商人。

特拉尼奥　老先生，他就是家父；不骗您，他的相貌可有点儿像您呢。

比昂台罗　（旁白）就像苹果跟牡蛎差不多一样。

特拉尼奥　您现在既然有生命的危险，那么我看您不妨暂时权充家父，您生得像他，这总算是您的运气。您可以住在我的家里，受我的竭诚款待，可是您必须注意您的说话行动，别让人瞧出破绽来！您懂得我的意思吧，老先生；您可以这样住下来，等到办好了事情再走。如果不嫌怠慢，那么就请您接受我的好意吧。

学究　啊，先生，这样您真是我的救命恩人了，我一定永远不忘您的大德。

特拉尼奥　　那么跟我去装扮起来。不错，我还要告诉您一件事：我跟这儿一位巴普提斯塔的女儿正在议订婚约，只等我的父亲来通过一注聘礼，关于这件事情我可以仔细告诉您一切应付的方法。现在我们就去找一身合适一点的衣服给您穿吧。（同下。）

第三场　　彼特鲁乔家中一室

　　　　　　凯瑟丽娜及葛鲁米奥上。

葛鲁米奥　　不，不，我不敢。

凯瑟丽娜　　我越是心里委屈，他越是把我折磨得厉害。难道他娶了我来，是要饿死我吗？到我父亲门前求乞的叫化，也总可以讨到一点布施；这一家讨不到，那一家总会给他一些冷饭残羹。可是从来不知道怎样恳求人家、也从来不需要向人恳求什么的我，现在却吃不到一点东西，得不到一刻钟的安眠；他用高声的詈骂使我不能合眼，让我饱听他的喧哗的吵闹；尤其可恼的，他这一切都借着爱惜我的名义，好像我一睡着就会死去，吃了东西就会害重病一样。求求你去给我找些食物来吧，不管什么东西，只要可以吃的就行。

葛鲁米奥　　您要不要吃红烧蹄子？

凯瑟丽娜　　那好极了，请你拿来给我吧。

葛鲁米奥　　恐怕您吃了会上火。清炖大肠好不好？

凯瑟丽娜　　很好，好葛鲁米奥，给我拿来。

葛鲁米奥 我不大放心，恐怕它也是上火的。胡椒牛肉好不好？

凯瑟丽娜 那正是我爱吃的一道菜。

葛鲁米奥 嗯，可是那胡椒太辣了点儿。

凯瑟丽娜 那么就是牛肉，别放胡椒了吧。

葛鲁米奥 那可不成，您要吃牛肉，一定得放胡椒。

凯瑟丽娜 放也好，不放也好，牛肉也好，别的什么也好，随你
的便给我拿些来吧。

葛鲁米奥 那么好，只有胡椒，没有牛肉。

凯瑟丽娜 给我滚开，你这欺人的奴才！（打葛鲁米奥）你不拿
东西给我吃，却向我报出一道道的菜名来逗我；你们瞧着
我倒霉得意，看你们得意到几时！去，快给我滚！

　　　　　　彼特鲁乔持肉一盆，与霍坦西奥同上。

彼特鲁乔 我的凯德今天好吗？怎么，好人儿，不高兴吗？

霍坦西奥 嫂子，您好？

凯瑟丽娜 哼，我浑身发冷。

彼特鲁乔 不要这样垂头丧气的，向我笑一笑吧。亲爱的，你瞧
我多么至诚，我自己给你煮了肉来了。（将肉盆置桌上）亲
爱的凯德，我相信你一定会感谢我这一片好心的。怎么！
一句话也不说吗？那么你不喜欢它；我的辛苦都白费了。
来，把这盆子拿去。

凯瑟丽娜 请您让它放着吧。

彼特鲁乔 最微末的服务，也应该得到一声道谢；你在没有吃这
肉之前，应该谢谢我才是。

凯瑟丽娜 谢谢您，夫君。

霍坦西奥 嗳哟，彼特鲁乔先生，你何必这样！嫂子，让我奉陪

您吧。

彼特鲁乔　（旁白）霍坦西奥，你倘然是个好朋友，请你尽量大
　　　　吃。——凯德，这回你可高兴了吧；吃得快一点。现在，
　　　　我的好心肝，我们要回到你爸爸家里去了；我们要打扮得
　　　　非常体面，我们要穿绸衣，戴绢帽、金戒；高高的绉领，
　　　　飘飘的袖口，圆圆的裙子，肩巾，折扇，什么都要备着
　　　　两套替换；还有琥珀的镯子，珍珠的项圈，以及诸如此类
　　　　的玩意儿。啊，你还没有吃好吗？裁缝在等着替你穿新衣
　　　　服呢。

　　　　　　　裁缝上。

彼特鲁乔　来，裁缝，让我们瞧瞧你做的衣服；先把那件袍子展
　　　　开来——

　　　　　　　帽匠上。

彼特鲁乔　你有什么事？

帽匠　这是您叫我做的那顶帽子。

彼特鲁乔　啊，样子倒很像一只汤碗。一个绒制的碟子！呸，
　　　　呸！寒伧死了，简直像个蚌壳或是胡桃壳，一块饼干，一
　　　　个胡闹的玩意儿，只能给洋娃娃戴。拿去！换一顶大一点
　　　　的来。

凯瑟丽娜　大一点的我不要；这一顶式样很新，贤媛淑女们都是
　　　　戴这种帽子的。

彼特鲁乔　等你成为一个贤媛淑女以后，你也可以有一顶；现在
　　　　还是不要戴它吧。

霍坦西奥　（旁白）那倒还要经过相当的时间哩。

凯瑟丽娜　哼，我相信我也有说话的权利；我不是三岁小孩，比

你尊长的人，也不能禁止我自由发言，你要是不愿意听，还是请你把耳朵塞住吧。我这一肚子的气恼，要是再不让我的嘴把它发泄出来，我的肚子也要气破了。

彼特鲁乔　是啊，你说得一点不错，这帽子真不好，活像块牛奶蛋糕，丝织的烧饼，值不了几个子儿。你不喜欢它，所以我才格外爱你。

凯瑟丽娜　爱我也好，不爱我也好，我喜欢这顶帽子，我只要这一顶，不要别的。（帽匠下。）

彼特鲁乔　你的袍子吗？啊，不错；来，裁缝，让我们瞧瞧看。嗳哟，天哪！这算是什么古怪的衣服？这是什么？袖子吗？那简直像一尊小炮。怎么回事，上上下下都是折儿，和包子一样。这儿也是缝，那儿也开口，东一道，西一条，活像剃头铺子里的香炉。他妈的！裁缝，你把这叫做什么东西？

霍坦西奥　（旁白）看来她帽子袍子都穿戴不成了。

裁缝　这是您叫我照着流行的式样用心裁制的。

彼特鲁乔　是呀，可是我没有叫你做得这样乱七八糟。去，给我滚回你的狗窠里去吧，我以后决不再来请教你了。我不要这东西，拿去给你自己穿吧。

凯瑟丽娜　我从来没有见过一件比这更漂亮、更好看的袍子了。你大概想把我当作一个木头人一样随你摆布吧。

彼特鲁乔　对了，他想把你当作木头人一样随意摆布。

裁缝　她说您想把她当作木头人一样随意摆布。

彼特鲁乔　啊，大胆的狗才！你胡说，你这拈针弄线的傻瓜，你这个长码尺、中码尺、短码尺、钉子一样长的混蛋！你这跳蚤，你这虫卵，你这冬天的蟋蟀！你拿着一绞线，竟敢在我家里放肆吗？滚！你这破布头，你这不是东西的东西！我非得好生拿尺揍你一顿，看你这辈子还敢不敢胡言乱语。好好的一件袍子，给你剪成这个样子。

裁缝　您弄错了，这袍子是我们东家照您吩咐的样子作起来的，葛鲁米奥一五一十地给我们讲了尺寸和式样。

葛鲁米奥　我什么都没讲；我就把料子给他了。

裁缝　你没说怎么作吗？

葛鲁米奥　那我倒是说了，老兄，用针线作。

裁缝　你没叫我们裁吗？

葛鲁米奥　这些地方是你放出来的。

裁缝　不错。

葛鲁米奥　少跟我放肆；这些玩意儿是你装上的，少跟我装腔。你要是放肆装腔，我是不卖账的。我老实告诉你：我叫你们东家裁一件袍子，可是没有叫他裁成碎片。所以你完全是信口胡说。

裁缝　这儿有式样的记录，可以作证。

彼特鲁乔　你念念。

葛鲁米奥　反正要说是我说的，那记录也是撒谎。

裁缝　（读）"一：肥腰身女袍一件。"

葛鲁米奥　老爷，我要是说过肥腰身，你就把我缝在袍子的下摆里，拿一轴黑线把我打死。我明明就说女袍一件。

彼特鲁乔　往下念。

裁缝　（读）"外带小披肩。"

葛鲁米奥　披肩我倒是说过。

驯悍记

223

裁缝 （读）"灯笼袖。"

葛鲁米奥 我要的是两只袖子。

裁缝 （读）"袖子要裁得花样新奇。"

彼特鲁乔 嘿，毛病就出在这儿。

葛鲁米奥 那是写错了，老爷，那是写错了。我不过叫他裁出袖子来，再给缝上。你这家伙要是敢否认我说的半个字，就是你小拇指上套着顶针，我也敢揍你。

裁缝 我念的完全没有错。你要敢跟我到外面去，我就给你点颜色看。

葛鲁米奥 算数，你拿着账单，我拿着码尺，看咱们谁先求饶。

霍坦西奥 老天在上，葛鲁米奥！你拿着他的码尺，他可就没的耍了。

彼特鲁乔 总而言之，这袍子我不要。

葛鲁米奥 那是自然，老爷，本来也是给奶奶作的。

彼特鲁乔 卷起来，让你的东家拿去玩吧。

葛鲁米奥 混蛋，你敢卷？卷起我奶奶的袍子，让你东家玩去？

彼特鲁乔 怎么了，你这话里有什么意思？

葛鲁米奥 唉呀，老爷，这意思可是你万万想不到的。卷起我奶奶的袍子，让他东家玩去！嘿，这太不成话了！

彼特鲁乔 （向霍坦西奥旁白）霍坦西奥，你说工钱由你来付。（向裁缝）快拿去，走吧走吧，别多说了。

霍坦西奥 （向裁缝旁白）裁缝，那袍子的工钱我明天拿来给你。他一时使性子说的话，你不必跟他计较；快去吧，替我问你们东家好。（裁缝下。）

彼特鲁乔 好吧，来，我的凯德，我们就老老实实穿着这身家常便服，到你爸爸家里去吧。只要我们袋里有钱，身上穿得寒酸一点，又有什么关系？因为使身体阔气，还要靠心灵。正像太阳会从乌云中探出头来一样，布衣粗服，可以格外显出一个人的正直。樫鸟并不因为羽毛的美丽，而比云雀更为珍贵；蝮蛇并不因为皮肉的光泽，而比鳗鲡更有用处。所以，好凯德，你穿着这一身敝旧的衣服，也并不因此而降低了你的身价。你要是怕人笑话，那么让人家笑话我吧。你还是要高高兴兴的，我们马上就到你爸爸家里去喝酒作乐。去，叫他们准备好，我们就要出发了。我们的马在小路那边等着，我们走到那里上马。让我看，现在大概是七点钟，我们可以在吃中饭以前赶到那里。

凯瑟丽娜　我相信现在快两点钟了，到那里去也许赶不上吃晚饭呢。

彼特鲁乔　不是七点钟，我就不上马。我说的话，做的事，想着的念头，你总是要跟我闹别扭。好，大家不用忙了，我今天不去了。你倘然要我去，那么我说是什么钟点，就得是什么钟点。

霍坦西奥　唷，这家伙简直想要太阳也归他节制哩。（同下。）

第四场　帕度亚。巴普提斯塔家门前

特拉尼奥及老学究扮文森修上。

特拉尼奥　这儿已是巴普提斯塔的家了，我们要不要进去看望他？

学究　那还用说吗？我倘然没有弄错，那么巴普提斯塔先生也许还记得我，二十年以前，我们曾经在热那亚做过邻居哩。

特拉尼奥 这样很好,请你随时保持着做一个父亲的庄严风度吧。

学究 您放心好了。瞧,您那跟班来了。我们应该把他教导一番才是。

        比昂台罗上。

特拉尼奥 你不用担心他。比昂台罗,你要好好侍候这位老先生,就像他是真的文森修老爷一样。

比昂台罗 嘿!你们放心吧。

特拉尼奥 可是你看见巴普提斯塔没有?

比昂台罗 看见了,我对他说,您的老太爷已经到了威尼斯,您正在等着他今天到帕度亚来。

特拉尼奥 你事情办得很好,这几个钱拿去买杯酒喝吧。巴普提斯塔来啦,赶快装起一副严肃的面孔来。

        巴普提斯塔及路森修上。

特拉尼奥 巴普提斯塔先生,我们正要来拜访您。(向学究)父亲,这就是我对您说起过的那位老伯。请您成全您儿子的好事,答应我娶比恩卡为妻吧。

学究 吾儿且慢!巴普提斯塔先生,久仰久仰。我这次因为追索几笔借款,到帕度亚来,听见小儿向我说起,他跟令媛十分相爱。像先生这样的家声,能够仰攀,已属万幸,我当然没有不赞成之理;而且我看他们两人情如胶漆,也很愿意让他早早成婚,了此一桩心事。要是先生不嫌弃的话,那么关于问名纳聘这一方面的种种条件,但有所命,无不乐从;先生的盛名我久已耳闻,自然不会斤斤计较。

巴普提斯塔 文森修先生,恕我不会客套,您刚才那样开诚布公的说话,我听了很是高兴。令郎和小女的确十分相爱,如果是伪装，万不能如此逼真；您要是不忍拂令郎之意，愿意给小女一份适当的聘礼，那么我是毫无问题的，我们就此一言为定吧。

特拉尼奥　谢谢您，老伯。那么您看我们最好在什么地方把双方的条件互相谈妥？

巴普提斯塔　舍间恐怕不大方便，因为属垣有耳，我有许多仆人，也许会被他们听了泄漏出去；而且葛莱米奥那老头子痴心不死，也许会来打搅我们。

特拉尼奥　那么还是到敝寓去吧，家父就在那里耽搁，我们今夜可以在那边悄悄地把事情谈妥。请您就叫这位尊价去请令媛出来；我就叫我这奴才去找个书记来。但恐事出仓卒，一切招待未能尽如尊意，要请您多多原谅。

巴普提斯塔　不必客气，这样很好。堪比奥，你到家里去叫比恩卡梳洗梳洗，我们就要到一处地方去；你也不妨告诉她路森修先生的尊翁已经到了帕度亚，她的亲事大概就可定夺下来了。

比昂台罗　但愿神明祝福她嫁得一位如意郎君！

特拉尼奥　不要惊动神明了，快快去吧。巴普提斯塔先生，请了。我们只有些薄酒粗肴，谈不上什么款待；等您到披萨来的时候，才要好好地请您一下哩。

巴普提斯塔　请了。（特拉尼奥、巴普提斯塔及老学究下。）

比昂台罗　堪比奥！

路森修　有什么事，比昂台罗？

比昂台罗　您看见我的少爷向您眨着眼睛笑吗？

路森修　他向我眨着眼睛笑又怎么样？

比昂台罗　没有什么，可是他要我慢走一步，向您解释他的暗号。

路森修　那么你就解释给我听吧。

比昂台罗　他叫您不要担心巴普提斯塔，他正在和一个冒牌的父亲讨论关于他的冒牌的儿子的婚事。

路森修　那便怎样？

比昂台罗　他叫您带着他的女儿一同到他们那里吃晚饭。

路森修　带着她去又怎样？

比昂台罗　您可以随时去找圣路加教堂里的老牧师。

路森修　这到底是什么意思？

比昂台罗　我也不知道是什么意思，我只知道趁着他们都在那里假装谈条件的时候，您就赶快同着她到教堂里去，找到了牧师执事，再找几个靠得住的证人，取得"只此一家，不准翻印"的权利。这倘不是您盼望已久的好机会，那么您也从此不必再在比恩卡身上转念头了。（欲去。）

路森修　听我说，比昂台罗。

比昂台罗　我不能待下去了。我知道有一个女人，一天下午在园里拔菜喂兔子，就这样莫名其妙地跟人家结了婚了；也许您也会这样。再见，先生。我的少爷还要叫我到圣路加教堂去，叫那牧师在那边等着你和你的附录，也就是随从。（下。）

路森修　只要她肯，事情就好办；她一定愿意的，那么我还疑惑什么？不要管它，让我直截了当地对她说；堪比奥要是不能把她弄到手，那才是怪事哩。（下。）

第五场 公　路

彼特鲁乔、凯瑟丽娜、霍坦西奥及从仆等上。

彼特鲁乔　走，走，到我们老丈人家里去。主啊，月亮照得多么光明！

凯瑟丽娜　什么月亮！这是太阳，现在哪里来的月亮？

彼特鲁乔　我说这是月亮的光。

凯瑟丽娜　这明明是太阳光。

彼特鲁乔　我指着我母亲的儿子——那就是我自己——起誓，我要说它是月亮，它就是月亮，我要说它是星，它就是星，我要说它是什么，它就是什么，你要是说我说错了，我就不到你父亲家里去。来，掉转马头，我们回去了。老是跟我闹别扭，闹别扭！

霍坦西奥　随他怎么说吧，否则我们永远去不成了。

凯瑟丽娜　我们已经走了这么远，请您不要再回去了吧。您高兴说它是月亮，它就是月亮；您高兴说它是太阳，它就是太阳；您要是说它是蜡烛，我也就当它是蜡烛。

彼特鲁乔　我说它是月亮。

凯瑟丽娜　我知道它是月亮。

彼特鲁乔　不，你胡说，它是太阳。

凯瑟丽娜　那么它就是太阳。可是您要是说它不是太阳，它就不是太阳；月亮的盈亏圆缺，就像您心性的捉摸不定一样。随您叫它是什么名字吧，您叫它什么，凯瑟丽娜也叫它什么就是了。

驯悍记

霍坦西奥　彼特鲁乔，恭喜恭喜，你已经得到胜利了。

彼特鲁乔　好，往前走！正是顺水行舟快，逆风打桨迟。且慢，
　　　　那边有谁来啦？

　　　　　　　　　文森修作旅行装束上。

彼特鲁乔　（向文森修）早安，好姑娘，你到哪里去？亲爱的凯德，
　　　　老老实实告诉我，你可曾看见过一个比她更娇好的淑女？
　　　　她颊上又红润，又白嫩，相映得多么美丽！点缀在天空中
　　　　的繁星，怎么及得上她那天仙般美的脸上那一双眼睛的清
　　　　秀？可爱的美貌姑娘，早安！亲爱的凯德，因为她这样美，
　　　　你应该和她亲热亲热。

霍坦西奥　把这人当作女人，他一定要发怒的。

凯瑟丽娜　年轻娇美的姑娘，你到哪里去？你家住在什么地方？
　　　　你的父亲母亲生下你这样美丽的孩子，真是几生修得；不
　　　　知哪个幸运的男人，有福消受你这如花美眷！

彼特鲁乔　啊，怎么，凯德，你疯了吗？这是一个满脸皱纹的白
　　　　发衰翁，你怎么说他是一个姑娘？

凯瑟丽娜　老丈，请您原谅我一时眼花，因为太阳光太眩耀了，
　　　　所以看出来什么都是迷迷糊糊的。现在我才知道您是一位
　　　　年尊的老丈，请您千万恕我刚才的唐突吧。

彼特鲁乔　老伯伯，请你原谅她；还要请问你现在到哪儿去，要
　　　　是咱们是同路的话，那么请你跟我们一块儿走吧。

文森修　好先生，还有你这位淘气的娘子，萍水相逢，你们把我
　　　　这样打趣，倒把我弄得莫名其妙。我的名字叫文森修，舍
　　　　间就在披萨，我现在要到帕度亚去，瞧瞧我的久别的儿子。

彼特鲁乔　令郎叫什么名字？

文森修　他叫路森修。

彼特鲁乔　原来尊驾就是路森修的尊翁，那巧极了，算来你还是我的姻伯呢。这就是拙荆，她有一个妹妹，现在多半已经和令郎成了婚了。你不用吃惊，也不必忧虑，她是一个名门淑女，嫁奁也很丰富，她的品貌才德，当得起君子好逑四字。文森修老先生，刚才多多失敬，现在我们一块儿看你令郎去吧，他见了你一定是异常高兴的。

文森修　您说的是真话，还是像有些爱寻开心的旅行人一样，路上见了什么人就随便开开玩笑？

霍坦西奥　老丈，我可以担保他的话都是真的。

彼特鲁乔　来，我们去吧，看看我的话究竟是真是假；你大概因为我先前和你开过玩笑，所以有点不相信我了。（除霍坦西奥外皆下。）

霍坦西奥　彼特鲁乔，你已经鼓起了我的勇气。我也要照样去对付我那寡妇！她要是倔强抗命，我就记着你的教训，也要对她不客气了。（下。）

驯
悍
记

第五幕

第一场　帕度亚。路森修家门前

　　　　比昂台罗、路森修及比恩卡自一方上；葛莱米奥在另
　　一方行走。

比昂台罗　少爷，放轻脚步快快走，牧师已经在等着了。

路森修　我会飞了过去的，比昂台罗。可是他们在家里也许要叫
　　你做事，你还是回去吧。

比昂台罗　不，我要把您送到教堂门口，然后再奔回去。（路森
　　修、比恩卡、比昂台罗同下。）

葛莱米奥　真奇怪，堪比奥怎么到现在还不来。

　　　　彼特鲁乔、凯瑟丽娜、文森修及从仆等上。

彼特鲁乔　老伯，这就是路森修家的门前；我的岳父就住在靠近
　　市场的地方，我现在要到他家里去，暂时失陪了。

文森修　不，我一定要请您进去喝杯酒再走。我想我在这里是可以略尽地主之谊的。嘿，听起来里面已经相当热闹了。（叩门。）

葛莱米奥　他们在里面忙得很，你还是敲得响一点。

老学究自上方上，凭窗下望。

学究　谁在那里把门都要敲破了？

文森修　请问路森修先生在家吗？

学究　他人是在家里，可是你不能见他。

文森修　要是有人带了一二百镑钱来，送给他吃吃玩玩呢？

学究　把你那一百镑钱留着自用吧，我一天活在世上，他就一天不愁没有钱用。

彼特鲁乔　我不是告诉过您吗？令郎在帕度亚是人缘极好的。废话少讲，请你通知一声路森修先生，说他的父亲已经从披萨来了，现在在门口等着和他说话。

学究　胡说，他的父亲就在帕度亚，正在窗口说话呢。

文森修　你是他的父亲吗？

学究　是啊，你要是不信，不妨去问问他的母亲。

彼特鲁乔　（向文森修）啊，怎么，朋友！你原来假冒别人的名字，这真是岂有此理了。

学究　把这混账东西抓住！我看他是想要假冒我的名字，在这城里向人讹诈。

比昂台罗重上。

比昂台罗　我看见他们两人一块儿在教堂里，上帝保佑他们一帆风顺！可是谁在这儿？我的老太爷文森修！这可糟了，我们的计策都要败露了。

文森修 （见比昂台罗）过来，死鬼！

比昂台罗 借光，请让我过去。

文森修 过来，狗才！你难道忘记我了吗？

比昂台罗 忘记你！我怎么会忘记你？我见也没有见过你哩。

文森修 怎么，你这该死的东西！你难道没有见过你家主人的父亲文森修吗？

比昂台罗 啊，你问起我们的老太爷吗？瞧那站在窗口的就是他。

文森修 真的吗？（打比昂台罗。）

比昂台罗 救命！救命！救命！这疯子要谋害我啦！（下。）

学究 吾儿，巴普提斯塔先生，快来救人！（自窗口下。）

彼特鲁乔 凯德，我们站在一旁，瞧这场纠纷怎样解决。（二人退后。）

　　　　　　老学究自下方重上；巴普提斯塔、特拉尼奥及众仆上。

特拉尼奥 老头儿，你是个什么人，敢动手打我的仆人？

文森修 我是个什么人！嘿，你是个什么人？哎呀，天哪！你这家伙！你居然穿起绸缎的衫子、天鹅绒的袜子、大红的袍子，戴起高高的帽子来了！啊呀，完了！完了！我在家里舍不得花一个钱，我的儿子和仆人却在大学里挥霍到这个样子！

特拉尼奥 啊，是怎么一回事？

巴普提斯塔 这家伙疯了吗？

特拉尼奥 瞧你这一身打扮，倒像一位明白道理的老先生，可是你说的却是一派疯话。我就是佩戴些金银珠玉，那又跟你什么相干？多谢上帝给我一位好父亲，他会供给我的花费。

文森修 你的父亲！哼！他是在贝格摩做船帆的。

巴普提斯塔　你弄错了，你弄错了。请问你知道他叫什么名字？

文森修　他叫什么名字？你以为我不知道他的名字吗？我把他从三岁起抚养长大，他的名字叫做特拉尼奥。

学究　去吧，去吧，你这疯子！他的名字是路森修，我叫文森修，他是我的独生子。

文森修　路森修！啊！他已经把他的主人谋害了。我用公爵的名义请你们赶快把他抓住。啊，我的孩子，我的孩子！狗才，快对我说，我的儿子路森修在哪里？

特拉尼奥　去叫一个官差来。

     一仆人偕差役上。

特拉尼奥　把这疯子抓进监牢里去。岳父大人，叫他们把他好好看管起来。

文森修　把我抓过监牢里去！

葛莱米奥　且慢，官差，你不能把他送进监牢。

巴普提斯塔　您不用管，葛莱米奥先生，我说非把他抓进监牢里不可。

葛莱米奥　宁可小心一点，巴普提斯塔先生，也许您会上人家的圈套。我敢发誓这个人才是真的文森修。

学究　你有胆量就发个誓看看。

葛莱米奥　不，我不敢发誓。

特拉尼奥　那么你还是说我不是路森修吧。

葛莱米奥　不，我知道你是路森修。

巴普提斯塔　把那呆老头儿抓去！把他关起来！

文森修　你们这里是这样对待外方人的吗？好混账的东西！

    比昂台罗偕路森修及比恩卡重上。

驯悍记

比昂台罗　啊，我们的计策要完全败露了！他就在那里。不要去认他，假装不认识他，否则我们就完了！

路森修　（跪下）亲爱的爸爸，请您原谅我！

文森修　我的最亲爱的孩子还在人世吗？（比昂台罗、特拉尼奥及老学究逃走。）

比恩卡　（跪下）亲爱的爸爸，请您原谅我！

巴普提斯塔　你做错了什么事要我原谅？路森修呢？

路森修　路森修就在这里，我是这位真文森修的真正的儿子，已经正式娶您的女儿为妻，您却受了骗了。

葛莱米奥　他们都是一党，现在又拉了个证人来欺骗我们了！

文森修　那个该死的狗头特拉尼奥竟敢对我这样放肆，现在到哪儿去了？

巴普提斯塔　咦，这个人不是我们家里的堪比奥吗？

比恩卡　堪比奥已经变成路森修了。

路森修　爱情造成了这些奇迹。我因为爱比恩卡，所以和特拉尼奥交换地位，让他在城里顶替着我的名字；现在我已经美满地达到了我的心愿。特拉尼奥的所作所为，都是我强迫他做的；亲爱的爸爸，请您看在我的面上原谅他吧。

文森修　这狗才要把我送进监牢里去，我一定要割破他的鼻子。

巴普提斯塔　（向路森修）我倒要请问你，你没有得到我的允许，怎么就可以和我的女儿结婚？

文森修　您放心好了，巴普提斯塔先生，我们一定会使您满意的。可是他们这样作弄我，我一定要去找着他们出出这一口闷气。（下。）

巴普提斯塔　我也要去把这场诡计调查一个仔细。（下。）

路森修　不要害怕，比恩卡，你爸爸不会生气的。（路森修、比恩卡下。）

葛莱米奥　我的希望已成画饼，可是我也要跟他们一起进去，分一杯酒喝喝。（下。）

彼特鲁乔及凯瑟丽娜上前。

凯瑟丽娜　夫君，我们也跟着去瞧瞧热闹吧。

彼特鲁乔　凯德，先给我一个吻，我们就去。

凯瑟丽娜　怎么！就在大街上吗？

彼特鲁乔　啊！你觉得嫁了我这种丈夫辱没了你吗？

凯瑟丽娜　不，那我怎么敢；我只是觉得这样接吻，太难为情了。

彼特鲁乔　好，那么我们还是回家去吧。来，我们走。

凯瑟丽娜　不，我就给你一个吻。现在，我的爱，请你不要回去了吧。

彼特鲁乔　这样不很好吗？来，我的亲爱的凯德，知过则改永远是不嫌迟的。（同下。）

第二场　路森修家中一室

室中张设筵席。巴普提斯塔、文森修、葛莱米奥、老学究、路森修、比恩卡、彼特鲁乔、凯瑟丽娜、霍坦西奥及寡妇同上；特拉尼奥、比昂台罗、葛鲁米奥及其他仆人等随侍。

路森修　虽然经过了长久的争论，我们的意见终于一致了；现在掩旗息鼓，正是我们杯酒交欢的时候。我的好比恩卡，请你向我的父亲表示欢迎；我也要用同样诚恳的心情，欢迎你的父亲。彼特鲁乔姻兄，凯瑟丽娜大姊，还有你，霍坦西奥，和你那位亲爱的寡妇，大家不要客气，在婚礼酒筵之后再来个尽情醉饱，都请坐下来吧，让我们一面吃，一面谈话。（各人就坐。）

彼特鲁乔　这真是饱食终日，无所用心了！

巴普提斯塔　彼特鲁乔贤婿，帕度亚的风气是这么好客的。

彼特鲁乔　帕度亚人都是那么和和气气的。

霍坦西奥　对于你我两人，我希望这句话是真的。

彼特鲁乔　我敢说霍坦西奥一定叫他的寡妇唬着了。

寡妇　我会唬着了？那才是没有的事。

彼特鲁乔　您太多心了，可是您还是没猜透我的意思；我是说霍坦西奥一定怕您。

寡妇　头眩的人以为世界在旋转。

彼特鲁乔　您这话可是一点也不转弯抹角。

凯瑟丽娜　嫂子，请教这句话是什么意思？

寡妇　我知道他的心事。

彼特鲁乔　知道我的心事？霍坦西奥不吃醋吗？

霍坦西奥　我的寡妇意思是说她明白你的处境。

彼特鲁乔　你倒会圆场。好寡妇，为了这个，您就该吻他一下。

凯瑟丽娜　"头眩的人以为世界在旋转。"请您解释解释这句话是什么意思。

寡妇　尊夫因为家有悍妇，所以以己度人，猜想我的丈夫也有同样不可告人的隐痛。现在您懂得我的意思了吧？

凯瑟丽娜　您的意思真坏！

寡妇 既然是指您，自然好不了。

凯瑟丽娜 我和您比起来总还算不错哩。

彼特鲁乔 对，给她点厉害看，凯德！

霍坦西奥 给她点厉害看，寡妇！

彼特鲁乔 我敢赌一百马克，我的凯德能把她压倒。

霍坦西奥 压倒她的活儿应该由我来干。

彼特鲁乔 果然不愧是男子汉。我敬你一钟，老兄。（向霍坦西奥
敬酒。）

巴普提斯塔 葛莱米奥先生，您看这些傻子们唇枪舌剑多有
意思？

葛莱米奥 是啊，真是说得头头是道。

比恩卡 头头是道！要是赶上个嘴快的人，准得说您的头头是道
其实是头头是角。

文森修 嗳哟，媳妇，你听见这话就醒了吗？

比恩卡 醒了，可不是吓醒的。我又要睡了。

彼特鲁乔 那可不行；既然你开始挑衅，我也得让你尝我一
两箭！

比恩卡 你拿我当鸟吗？我要另择新枝了，你就张弓搭箭地跟在
后面追吧。列位，少陪了。（比恩卡、凯瑟丽娜及寡妇下。）

彼特鲁乔 特拉尼奥先生，她也是你瞄准的鸟儿，可惜给她飞去
了；让我们为那些射而不中的人干一杯吧。

特拉尼奥 啊，彼特鲁乔先生，我给路森修占了便宜去；我就像
他的猎狗，为他辛苦奔走，得来的猎物都被主人拿去了。

彼特鲁乔 应答虽然快，比方却有点狗臭气。

特拉尼奥 还是您好，先生，自己猎来，自己享用，可是人家都

说您那头鹿儿把您逼得走头无路呢。

巴普提斯塔 哈哈，彼特鲁乔！现在你给特拉尼奥说中要害了。

路森修 特拉尼奥，你把他挖苦得很好，我要谢谢你。

霍坦西奥 快快招认吧，他是不是说着了你的心病？

彼特鲁乔 他挖苦的虽然是我，可是他的讥讽仅仅打我身边擦过，我怕受伤的十分之九倒是你们两位。

巴普提斯塔 不说笑话，彼特鲁乔贤婿，我想你是娶着了一个最悍泼的女人了。

彼特鲁乔 不，我否认。让我们赌一个东道，各人去叫他自己的妻子出来，谁的妻子最听话，出来得最快的，就算谁得胜。

霍坦西奥 很好。赌什么东道？

路森修 二十个克朗。

彼特鲁乔 二十个克朗！这样的数目只好让我拿我的鹰犬打赌；要是拿我的妻子打赌，应当加二十倍。

路森修 那么一百克朗吧。

霍坦西奥 好。

彼特鲁乔 就是一百克朗，一言为定。

霍坦西奥 谁先去叫？

路森修 让我来。比昂台罗，你去对你奶奶说，我叫她来见我。

比昂台罗 我就去。（下。）

巴普提斯塔 贤婿，我愿意代你拿出一半赌注，比恩卡一定会来的。

路森修 我不要和别人对分，我要独自下注。

比昂台罗重上。

路森修 啊，她怎么说？

比昂台罗　少爷，奶奶叫我对您说，她有事不能来。

彼特鲁乔　怎么！她有事不能来！这算是什么答复？

葛莱米奥　这样的答复也算很有礼貌的了，希望尊夫人不给你一个更不客气的答复。

彼特鲁乔　我希望她会给我一个更满意的答复。

霍坦西奥　比昂台罗，你去请我的太太立刻出来见我。（比昂台罗下。）

彼特鲁乔　哈哈！请她出来！那么她总应该出来的了。

霍坦西奥　老兄，我怕尊夫人随你怎样请也请不出来。

　　　　　　比昂台罗重上。

霍坦西奥　我的太太呢？

比昂台罗　她说您在开玩笑，不愿意出来！她叫您进去见她。

彼特鲁乔　更糟了，更糟了！她不愿意出来！嘿，是可忍，孰不可忍！葛鲁米奥，到你奶奶那儿去，说，我命令她出来见我。（葛鲁米奥下。）

霍坦西奥　我知道她的回答。

彼特鲁乔　什么回答？

霍坦西奥　她不高兴出来。

彼特鲁乔　她要是不出来，就算是我晦气。

　　　　　　凯瑟丽娜重上。

巴普提斯塔　呀，我的天，凯瑟丽娜果然来了！

凯瑟丽娜　夫君，您叫我出来有什么事？

彼特鲁乔　你的妹妹和霍坦西奥的妻子呢？

凯瑟丽娜　她们都在火炉旁边谈天。

彼特鲁乔　你去叫她们出来，她们要是不肯出来，就把她们打出

驯悍记

来见她们的丈夫。快去。（凯瑟丽娜下。）

路森修 真是怪事！

霍坦西奥 怪了怪了；这预兆着什么呢？

彼特鲁乔 它预兆着和睦、亲爱和恬静的生活，尊严的统治和合法的主权，总而言之，一切的美满和幸福。

巴普提斯塔 恭喜恭喜，彼特鲁乔贤婿！你已经赢了东道；而且在他们输给你的现款之外，我还要额外给你二万克朗，算是我另外一个女儿的嫁奁，因为她已经完全变了一个人了。

彼特鲁乔 为了让你们知道我这东道不是侥幸赢得，我还要向你们证明她是多么听话。瞧，她已经用她的妇道，把你们那两个桀骜不驯的妻子俘掳来了。

凯瑟丽娜率比恩卡及寡妇重上。

彼特鲁乔 凯瑟琳，你那顶帽子不好看，把那玩意儿脱下，丢在地上吧。（凯瑟丽娜脱帽掷地上。）

寡妇 谢谢上帝！我还没有像她这样傻法！

比恩卡 呸！你把这算做什么愚蠢的妇道？

路森修 比恩卡，我希望你的妇道也像她一样愚蠢就好了；为了你的聪明，我已经在一顿晚饭的工夫里损失了一百个克朗。

比恩卡 你自己不好，反来怪我。

彼特鲁乔 凯瑟琳，你去告诉这些倔强的女人，做妻子的应该向她们的夫主尽些什么本分。

寡妇 好了，好了，别开玩笑了；我们不要听这些个。

彼特鲁乔 说吧，先讲给她听。

寡妇 用不着她讲。

彼特鲁乔 我偏要她讲；先讲给她听。

凯瑟丽娜 嗳呀！展开你那颦蹙的眉头，收起你那轻蔑的瞥视，不要让它伤害你的主人，你的君王，你的支配者。它会使你的美貌减色，就像严霜噬噬着草原，它会使你的名誉受损，就像旋风摧残着蓓蕾；它绝对没有可取之处，也丝毫引不起别人的好感。一个使性的女人，就像一池受到激动的泉水，混浊可憎，失去一切的美丽，无论怎样喉干吻渴的人，也不愿把它啜饮一口。你的丈夫就是你的主人、你的生命、你的所有者、你的头脑、你的君王；他照顾着你，扶养着你，在海洋与陆地上辛苦操作，夜里冒着风波，白天忍受寒冷，你却穿得暖暖的住在家里，享受着安全与舒适。他希望你贡献给他的，只是你的爱情，你的温柔的辞色，你的真心的服从；你欠他的好处这么多，他所要求于你的酬报却是这么微薄！一个女人对待她的丈夫，应当像臣子对待君王一样忠心恭顺；倘使她倔强使性，乖张暴戾，不服从他正当的愿望，那么她岂不是一个大逆不道、忘恩负义的叛徒？应当长跪乞和的时候，她却向他挑战；应当尽心竭力服侍他、敬爱他、顺从他的时候，她却企图篡夺主权，发号施令：这一种愚蠢的行为，真是女人的耻辱。我们的身体为什么这样柔软无力，耐不了苦，熬不起忧患？那不是因为我们的性情必须和我们的外表互相一致，同样的温柔吗？听我的话吧，你们这些倔强而无力的可怜虫！我的心从前也跟你们一样高傲，也许我有比你们更多的理由，不甘心向人俯首认输，可是现在我知道我们的枪矛只是些稻草，我们的力量是软弱的，我们的软弱是无比的，我们所有的只是一个空虚的外表。所以你们还是挫抑你们无益的傲气，跪下来向你们的丈夫请求怜爱吧。为了表示我的顺从，只要我的丈夫吩咐我，我就可以向他下跪，让他因此而心中快慰。

彼特鲁乔　啊，那才是个好妻子！来，吻我，凯德。

路森修　老兄，真有你的！

文森修　对顺从的孩子们说，这一番话大有好处。

路森修　对暴戾的女人说，这一番话可毫无是处。

彼特鲁乔　来，凯德，我们好去睡了。我们三个人结婚，可是你们两人都输了。（向路森修）你虽然采到了明珠，我却赢了东道；现在我就用得胜者的身分，祝你们晚安！（彼特鲁乔、凯瑟丽娜下。）

霍坦西奥　你已经降伏了一个悍妇，可以踌躇满志了。

路森修　她会这样被他降伏，倒是一桩想不到的事。（同下。）